跟着古人去赏花

藏在诗词名画中的四时花令

石继航——著

新世界出版社

图书在版编目（CIP）数据

跟着古人去赏花：藏在诗词名画中的四时花令 / 石继航著 . -- 北京 : 新世界出版社 , 2023.8
ISBN 978-7-5104-7680-8

Ⅰ . ①跟… Ⅱ . ①石… Ⅲ . ①古典诗歌—诗歌欣赏—中国 Ⅳ . ① I207.2

中国国家版本馆 CIP 数据核字 (2023) 第 099103 号

跟着古人去赏花

作　　者：石继航
策划编辑：贾瑞娜
责任编辑：董晶晶
装帧设计：贺玉婷
责任校对：宣　慧　张杰楠
责任印制：王宝根
出　　版：新世界出版社
网　　址：http://www.nwp.com.cn
社　　址：北京西城区百万庄大街 24 号（100037）
发 行 部：（010）6899 5968（电话）　（010）6899 0635（电话）
总 编 室：（010）6899 5424（电话）　（010）6832 6679（传真）
版 权 部：+8610 6899 6306（电话）　nwpcd@sina.com（电邮）
印　　刷：小森印刷（北京）有限公司
经　　销：新华书店
开　　本：787mm × 1092mm　1/16　尺寸：170mm × 240mm
字　　数：261 千字　印张：16.5
版　　次：2023 年 8 月第 1 版　2023 年 8 月第 1 次印刷
书　　号：ISBN 978-7-5104-7680-8
定　　价：69.00 元

南宋　李嵩
花篮图

李嵩（1166—1243），钱塘（今浙江杭州）人。光宗、宁宗、理宗三朝画院待诏，被尊称为“三朝老画师”。

竹篮中放满了各色鲜花，有秋葵、栀子、百合、广玉兰、石榴等，体现出繁花似锦的景象。

序

花能解语，月可寄情

又将面临几个月的北方冬日，灰云如絮，雾霭沉沉。

这样的日子，心情很容易像郊原里的黄土一般冰冷枯寂。然而，叶子黄时，我们应该想到绿。

古人为破解冬日孤闷，有《九九消寒图》一说。明代刘侗《帝京景物略》中曾提到：“日冬至，画素梅一枝，为瓣八十有一。日染一瓣，瓣尽而九九出，则春深矣。”意思是说画梅花一枝，共八十一瓣，自冬至日起，每天染红一瓣，这样全染完就过了整整八十一日，不知不觉已是冬尽春来、花开草萌之时了。

这是一种非常有趣的冬天日历。梅可自己画，不会画也不打紧，当时就有刻印好的梅瓣图售卖，一如现下流行的十字绣。

受此启发，我决定也蜷缩进自己的小屋，在昏黄的灯光下翻一翻故纸堆，找一找古典诗词中的妖娆百花。书中自有花如锦，随心拾缀，如观“万美人尽临妆镜”，寂寥索寞，一时或忘。

百花有情志，所谓“淡云薄日，夕阳佳月，花之晓也；狂风连雨，烈焰浓寒，花之夕也；檀唇烘日，媚体藏风，花之喜也；晕酣神敛，烟色迷离，花之愁也；欹枝困槛，如不胜风，花之梦也；嫣然流盼，光华溢目，花之醒也”。

百花有姿态：牡丹雍容，富贵之态；莲花高洁，君子之态；菊花淡雅，隐士之态；梅花凌寒，节烈之态；桃花明艳，丽人之态；海棠妩媚，贵妃之态……又有山茶鲜妍，瑞香芬烈，玫瑰旖旎，水仙清绝……更有梨花瘦，玉簪寒，丁香愁，杏花娇……

坡仙曾感慨道：“有客无酒，有酒无肴，月白风清，如此良夜何？”而赏花无诗，亦不免让人遗憾。“琴棋书画诗酒花”，历来被称为风雅之事，宋人汪元量曾写道：“花似锦，酒成池。对花对酒两相宜。水边莫话长安事，且请卿卿吃蛤蜊。”

对花对酒，虽为赏心乐事，但有道是“茗赏者上也，谈赏者次也，酒赏者下也。若夫内酒越茶及一切庸秽凡俗之语，此花神之深恶痛斥者，宁闭口枯坐，勿遭花恼可也”。所以，“酒”和“花”挨在一起，恐怕没有“诗”和“花”靠在一起更令花神快意。“主人好事能诗”，乃是“花快意”凡十四条之一。

对花可解语，对月可寄情。万点落花俱是恨，满杯明月即忘贫。踏不尽的是桃蹊李径，绝不了的是惜花心性。又闻枕上鸟声，唤起半窗红日，来寻万首佳句，博百花春风一笑。

目录

八月花令 桂花香飘

九月花令 菊有英

十月花令 月季独放

十一月花令 山茶灼

正月花令

ZHENG YUE HUA LING

兰蕙芬

迎春初放

一

映水兰花雨发香

兰花，和万紫千红的诸多花儿相比，想必是最素淡的了。宋末词人张炎在《清平乐》一词小序中写道：“兰曰国香，为哲人出，不以色香自炫，乃得天之清者也……”

兰花虽无牡丹的富贵张扬、桃花的娇媚明艳，却有着其他群芳百卉断断不能相比的香气，是众望所归的“国香”。那股馨香幽幽不绝，如丝如缕，沁人心脾。

自有幽香似德人

和诸多花卉相比，其实兰花“成名”最早。《易经》中的句子大家都熟悉：“同心之言，其臭如兰。”相传当年至圣先师孔子曾经面试屡屡失败，“历聘诸侯，诸侯莫能任”。在归家路上，见兰花默默无闻地生长在隐僻无人的幽谷，他不由喟然叹曰：“兰当为王者香，今乃独茂，与众草为伍。”这可能是当年孔子最真实的感叹。但后来《孔子家语》中记载这件事时有粉饰美化之嫌，言孔子语：“芝兰生于深谷，不以无人而不芳；君子修道立德，不为困穷而改节。”这话就有点讲台上的味道了。

《孔子家语》一书有争议，有人疑为后人所作的伪书。但屈原的《离骚》总假不了吧，其中也说：“余既滋兰之九畹兮，又树蕙之百亩。”我们知道《离骚》中最擅长用香草美人来比喻自己的德操，兰作为“天下第一香”，哪会被忽略？

我们看电影《梅兰芳》，剧中人叫梅兰芳大都称他的字——“畹华”。这“畹华”的来历，就是“梅兰芳”的“兰”字。说起这个“畹”字，其本意不过是古代的一个面积单位（一说三十亩为一畹，另说十二亩为一畹），如现在常说的顷和亩一般。但因为屈原那句“余既滋兰之九畹兮”，这“畹”字就和兰花结了伴。所以梅兰芳取字“畹华”（“华”通“花”）。

秋瑾有《兰花》一诗：

九畹齐栽品独优，最宜簪助美人头。一从夫子临轩顾，羞伍凡葩斗艳俦。

里面就引用了上面我们所说的典故：“九畹”是与屈原相关的典故，“夫子临轩顾”是与孔子相关的典故。知道这些典故，秋瑾这首诗就不难懂了。

兰花不以媚色悦人，却以幽香取胜。所以历来的文人墨客提起兰花，都是心生敬意。元代余同麓的这首诗说得好：

百草千花日夜新，此君竹下始知春。虽无艳色如娇女，自有幽香似德人。

明代薛纲也有一首《兰花》诗，和余诗意境相似：

我爱幽兰异众芳，不将颜色媚春阳。西风寒露深林下，任是无人也自香。

不少花常常带有多种意象，能“客串”多种角色，而兰花所代表的始终就是“花中君子”的高尚情怀，“君子兰”的大名，孰人不知？（当然严格地说，君子兰和兰花并非一种植物）李白有诗云：

为草当作兰，为木当作松。兰秋香风远，松寒不改容。

元代吴海在《友兰轩记》中称“兰有三善”：“国香一也，幽居二也，不以无人而不芳三也。夫国香则美至矣，幽居则靳于人薄矣，不以无人而不芳则固守而存益深矣。三者君子之德具矣。”兰花，确是“以德服人”的花中君子。

南宋　赵孟坚
墨兰图

赵孟坚（1199—1264），字子固，号彝斋，海盐广陈（今嘉兴平湖广陈）人。

墨兰是赵孟坚最擅长的题材，他也是墨兰画法的开创者。著名词人周密曾夸赞道：“赵孟坚墨兰最得其好，其叶如铁花，茎亦佳……前人无此作也。”这幅画面上绘墨兰二株，呈放射状的长叶参差错落，分合交叉，俯仰伸展。该幅款署“彝斋赵子固仍赋”，钤“子固写生”一印，自题诗曰：“六月衡湘暑气蒸，幽香一喷冰人清。曾将移入浙西种，一岁才华一两茎。”现藏故宫博物院。

空谷佳人宜结伴

兰花多生于荒僻无人的幽谷，而且容色素雅，用来比喻甘贫乐道的隐士高人实在是再恰当不过了。元代画家陈汝言有一首诗：

兰生深山中，馥馥吐幽香。偶为世人赏，移之置高堂。
雨露失天时，根株离本乡。虽承爱护力，长养非其方。
冬寒霜雪零，绿叶恐雕伤。何如在林壑，时至还自芳。

这里说，兰花生在深山之中，虽然寒苦，却也自由自在，而一旦为人“欣赏”，移栽高堂华厦之下，根株离开适宜她生长的土壤，就再也得不到自然界中雨露的滋润了。虽称为爱护，实际上却是残害，哪里比得上让她自由自在地生长在林壑之间呢？

我们知道陈汝言的遭遇后，会对此诗更多一层理解。据《明画录》（清·徐沁撰）记载：“陈汝言风流倜傥，有谋略，张士诚据苏州尝参与军事，明洪武初官济南经历，后因坐事被杀，临刑犹从容染翰，人谓之画解。”

看来，陈汝言也是暴虐成性的朱元璋刀下的冤鬼，而他临刑前还从容作画，大有嵇康临终弹《广陵散》之风度。可惜，他的本意是做一株远离红尘的幽兰，但天地之大，竟无他容身之处，到头来还是逃不过屠刀加身，实在是可悲可叹！

兰花独处山间林下，用杜甫的“绝代有佳人，幽居在空谷”一诗来形容也是恰当的，所以兰花又有“空谷佳人”的称号。南宋词人向子諲有一首《浣溪沙·宝林山间见兰》：

绿玉丛中紫玉条，幽花疏淡更香饶。不将朱粉污高标。　空谷佳人宜结伴，贵游公子不能招。小窗相对诵《离骚》。

清高的兰花，其品格是“空谷佳人宜结伴，贵游公子不能招”，而牡丹花的性情却是“能狂绮陌千金子，也惑朱门万户侯”。同样是花，差距竟如此大。

南宋张炎有首词《国香·赋兰》，道尽了兰花“空谷佳人”的气质，也融进了自己对故国的无尽思念：

空谷幽人，曳冰簪雾带，古色生春。结根未同萧艾，独抱孤贞。自分生涯淡薄，隐蓬蒿、甘老山林。风烟伴憔悴，冷落吴宫，草暗花深。霁痕消蕙雪，向崖阴饮露，应是知心。所思何处，愁满楚水湘云。肯信遗芳千古，尚依依、泽畔行吟。香痕已成梦，短操谁弹，月冷瑶琴。

明代画家孙克弘笔下的兰花，专学郑思肖。他也有《兰花》诗道："空谷有佳人，倏然抱幽独。东风时拂之，香芬远弥馥。"此诗虽然算不得最上乘，但也点出了兰花"空谷佳人"的特质。

明　文彭
墨兰图轴

文彭（1498—1573），著名书画家文徵明的长子，字寿承，号三桥，南直隶苏州府长洲（今江苏苏州）人。

此图用笔狂放不羁，有写意画的特点，笔势和画意融为一体。该画款署"三桥"，钤有"文彭之印""文氏寿承"二印。用草书题有两句诗："月摇庭下珂，风递谷中香。"说的正是兰花"幽谷客"的身份。

着意闻时不肯香，香在无心处

明代诗人李日华《兰花二首》中的这首诗，把兰香的特色写得细腻入微：

懊恨幽兰强主张，花开不与我商量。鼻端触着成消受，着意寻香又不香。

兰花有这样一个特点：香气缥缈清幽。把一盆兰花放在室内，清香时有时无，时隐时现，时浓时淡，时远时近。北宋词人曹组有一首词，名《卜算子·兰》：

松竹翠萝寒，迟日江山暮。幽径无人独自芳，此恨凭谁诉。 似共梅花语，尚有寻芳侣。着意闻时不肯香，香在无心处。

曹组这个人现在不大出名，但在北宋时可是知名度极高的才子，他深受宋徽宗宠幸，曾奉诏作《艮岳百咏》等诗。然而，宋徽宗是亡国之君，后人因曹组整天陪着徽宗吟风弄月，觉得亡国的责任他也脱不了干系，连带着把他的词也骂作“侧艳”“下俚”。有人说世上最藏污纳垢的地方一是皇宫，二是妓院。由曹组的经历来看，皇宫真是混不得。

闲话打住，曹组这首词写得不错，尤其是最后两句“着意闻时不肯香，香在无心处”，写出了兰花香气的特点。其实，这正反映了中国古代对君子隐士们的审美标准：“故君子之接如水，小人之接如醴；君子淡以成，小人甘以坏。”（《礼记·表记》）古人推崇的君子高士，往往不张扬、不狂傲、不盛气凌人、不乖戾霸道，正所谓“谦谦君子，有如温玉”。中国古琴乐，往往也是一派平淡谦和、清幽雅致之气。

兰花的香不霸气，不招摇，正如一个温文尔雅的良友，与之相处，有如沐春风之感。如果你不仔细的话，甚至会忘了她的存在。正如余同麓《咏兰》中第一首诗所说：“手培兰蕙两三栽，日暖风微次第开。坐久不知香在室，推窗时有蝶飞来。”

“坐久不知香在室”，我们虽然似乎忘了兰香的存在，但是在不知不觉中，身心却都沾染了兰花的香气。古人说得好："与善人居，如入芝兰之室，久而不闻其香，即与之化矣；与不善人居，如入鲍鱼之肆，久而不闻其臭，亦与之化矣。"兰花正是这样润物细无声地熏陶着我们的情操。

清　周闲
蝶恋花图

周闲（1820—1875），字存伯，一字小园，号范湖居士，浙江秀水（今浙江嘉兴）人。海上画派名家。

此图绘巨石旁一簇兰花盛开，两只蝶儿闻香而来，围着兰草翩翩飞舞。

兰草堪同隐者心

历代持身高洁的君子都爱兰咏兰，留下了不少诗篇。他们喜欢兰花，不免带有一种同病相怜的情调。唐代诗人陈子昂性情耿直不阿，因此受人陷害下狱。他有一首诗写兰（《感遇三十八首·其二》）：

兰若生春夏，芊蔚何青青！幽独空林色，朱蕤冒紫茎。

迟迟白日晚，袅袅秋风生。岁华尽摇落，芳意竟何成！

张九龄是唐代开元时的贤相，后来却受到排挤，于是他在《感遇十二首·其一》中同样借兰花抒发了孤芳自赏、睥睨俗士的情怀：

兰叶春葳蕤，桂华秋皎洁。欣欣此生意，自尔为佳节。

谁知林栖者，闻风坐相悦。草木有本心，何求美人折！

以上这两首诗都相当有名，《唐诗鉴赏词典》上有详析，此处就不赘述诗意了。

许多诗人都下笔写过兰。王勃道："山中兰叶径，城外李桃园。岂知人事静，不觉鸟声喧。"李白也说："孤兰生幽园，众草共芜没。虽照阳春晖，复悲高秋月。飞霜早淅沥，绿艳恐休歇。若无清风吹，香气为谁发。"杜牧说："兰溪春尽碧泱泱，映水兰花雨发香。"刘商说："田园失计全芜没，何处春风种蕙兰。"……

诗鬼李贺虽然没有专写兰花的诗，但他的"一心愁谢如枯兰"和"衰兰送客咸阳道"两句诗中无奈凋萎的兰草意象，深深打动着千百年来的失意之人。

关于兰花的诗词不可尽数，喜欢兰花的诗人也不可胜数。此处择几个历史上和兰花缘深情浓的人来说说吧：

南宋遗民郑思肖酷爱兰花，他画兰时从不画泥土，称为"露根兰"，原因是"土（地）为番人夺去"，以此寄托他对故宋的哀思。后来明末遗民石涛也有诗云"根已离尘何可诗，以诗相赠寂寥之"，正是学郑思肖而来。

郑思肖传世的画作仅有墨兰两幅，其中一幅《墨兰图》上有一株一花，墨色淡雅，叶片细长瘦韧，表现出一种冷清绝俗之风韵，题诗道：“一国之香，一国之殇。怀彼怀王，于楚有光。”思念故国之情跃然纸上。

元代书画家倪云林在郑思肖的这幅《墨兰图》上题诗云：

秋风兰蕙化为茅，南国凄凉气已消。只有所南心不改，泪泉和墨写《离骚》。

几百年后，到了清代，世上又有了一个姓郑的爱兰之人，他就是“扬州八怪”之首郑板桥。郑板桥性格古怪刚强，最喜画幽兰、修竹、怪石，自称“四时不谢之兰，百节长青之竹，万古不败之石，千秋不变之人”。郑板桥画兰，当真

南宋 郑思肖
墨兰图

郑思肖（1241—1318），原名之因，宋亡后改名思肖，因肖是宋朝国姓“赵”（繁体“趙”）字的组成部分；字忆翁，表示不忘故国；号所南。连江（今福建福州连江）人。

这是郑思肖所绘另一幅《墨兰图》，用极简淡的笔墨撇出一花数叶，画上题诗：“向来俯首问羲皇，汝是何人到此乡？未有画前开鼻孔，满天浮动古馨香。”落款为“丙午正月十五日作此壹卷”，钤以“求则不得 / 不求或与 / 老眼空阔 / 清风今古”之章。

图中在落款时只题丙午干支而不写元代年号（是时为元大德十年），表明了他与元朝势不两立的坚决态度。这时宋亡已有二十七年，郑思肖已是六十六岁的老人，但他的怀念故国之心正如图上的幽兰，馨香终不改。现藏美国弗利尔美术馆。

清 余稺
花鸟图册之兰花

余稺，生卒年不详，字南州，江苏常熟人。与其兄供奉内廷。

这幅兰花图一改传统的水墨技法，用笔工整，设色艳丽，有受郎世宁西洋画法影响的因素，富有质感和动感，栩栩如生。现藏故宫博物院。

是出神入化，蒋士铨曾赞道：“板桥作画如写兰，波磔奇古形翩翩；板桥写兰如作字，秀叶疏花是姿致。”

郑板桥所写的兰花诗有不少，我们择几首欣赏一下：

千古幽贞是此花，不求闻达只烟霞。采樵或恐通来路，更取高山一片遮。

（《高山幽兰》）

转过青山又一山，幽兰藏躲路回环。众香国里谁能到，容我书呆屋半间。

（《幽兰》）

清 郑板桥
兰花图

绘兰草于陡峭的山崖之上，全图用笔率意、施墨润泽，为郑板桥兰画的代表作。

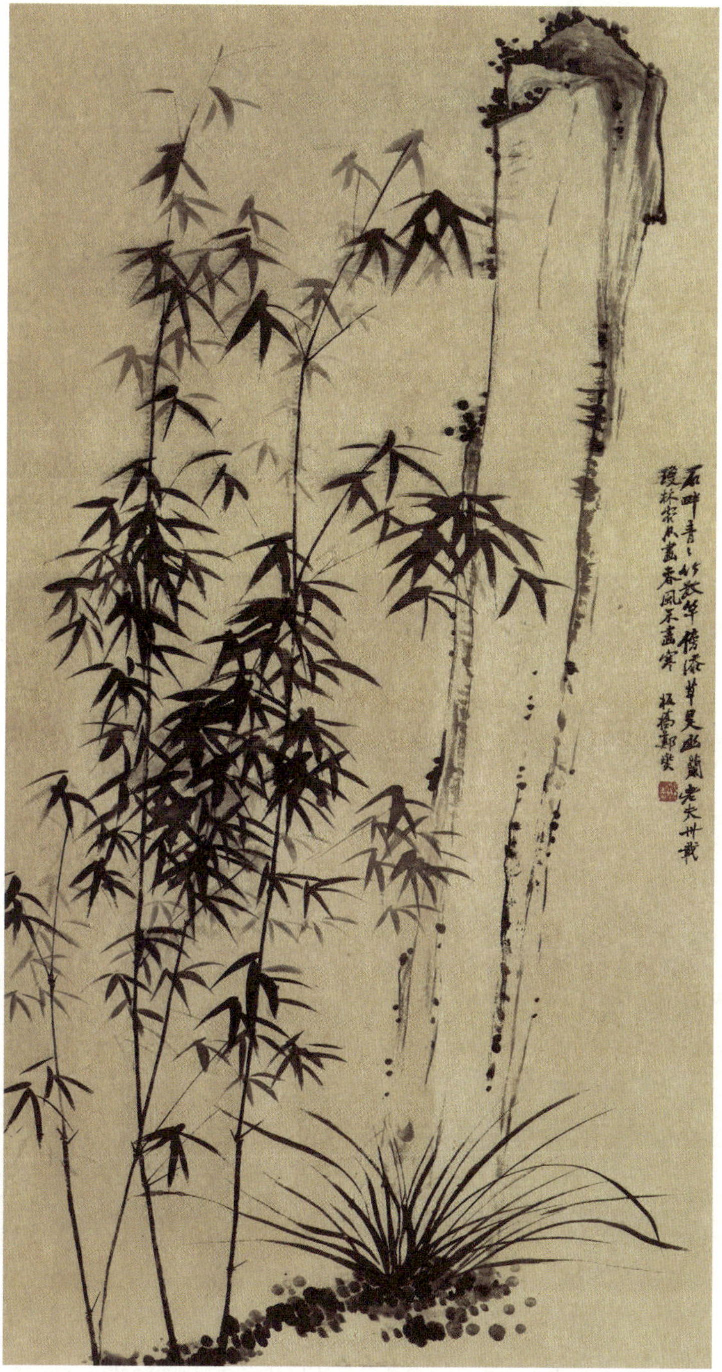

清　郑板桥
石畔竹兰图

此幅绘长条湖石旁细竹数竿、幽兰一丛，笔墨纵横。右题诗一首：“石畔青青竹数竿，旁添瑞草是幽兰。老夫卅载琼林客，只画春风不画寒。”

世间盆盎空栽植，唯有青山是我家。画入悬崖孤绝处，兰花竹叶两相遮。

春风昨夜入山来，吹得芳兰处处开。惟有竹为君子伴，更无他卉可同栽。

兰花与竹本相关，总在青山绿水间。霜雪不凋春不艳，笑人红紫作客顽。

（《兰》）

山上山下都是兰，香芬馥郁是一般。可恨世人薄幸眼，只因高低两样看。

（《山兰》）

昨日寻春出禁关，家家桃柳却无兰。市廛不是高人住，欲访幽踪定在山。

（《幽兰》）

味自清闲气自芳，如何沦落暗神伤。游人莫谓飘零甚，转眼春风满谷香。

（《题兰》）

郑板桥的这些兰花诗，和他的字、画、印组合在一起，形成不朽的艺术杰作，令世人赞赏不已。

明 马湘兰
芝兰图（局部）

马湘兰（1548—1604），本名马守真，因画得一手好兰花，又是湖南人，而号“湘兰”。她的居处名“幽兰馆”，门前车马始终不断，有人称“凡游闲子沓拖少年，走马章台街者，以不识马姬为辱”。

此图兼工带写，设色淡雅，卷尾用娟秀的小楷题曰：“万历甲辰秋月坐于秦淮水榭 湘兰女史马守真。”现藏美国印第安纳波利斯艺术博物馆。

才女中也有不少爱兰之人，最著名的当是“秦淮八艳”之一的马湘兰了。马湘兰笔下的兰花相当出色，“扬州八怪”之一罗聘之妻方婉仪有诗《题马守真双钩兰花卷》赞曰：“楚畹幽兰冠从芳，双钩画法异寻常。国香流落空留赏，太息金陵马四娘。”

马湘兰有这样两首写兰花的诗，也非常出色：

何处风来气似兰，帘前小立耐春寒；囊空难向街头买，自写幽香纸上看。

偶然拈笔写幽姿，付与何人解护持？一到移根须自惜，出山难比在山时。

明 马湘兰
兰花

这幅画就是马湘兰用双钩画法画的兰花，和大家常见的墨写兰叶不同，有娟秀的女子之气。落款为“玄玄子马守真画”，钤“马湘兰印”，左下角钤有“素菊居士鉴赏图书”。

留得许多清影，幽香不到人间

古有爱兰成痴之人，甚至不只爱兰花，就连对兰叶也如醉如痴般地反复赏玩。明人张羽有诗说：“泛露光偏乱，含风影自斜。俗人那解此，看叶胜看花。”

明人李流芳曾写下这样一段文字：

盆兰正开，出以共赏，子薪故有花癖，烧烛照之，啧啧不已。花虽数茎，然参差掩映，变态颇具。其葩或黄或紫，或碧或素，其状或合或吐，或离或合，或高或下，或正或欹，或俯而如瞰，或仰而如承，或平而如揖，或斜而如睨，或来而如就，或往而如奔，或相顾而如笑，或相背而如嗔，或掩仰而如羞，或偃蹇而如傲，或挺而如庄，或倚而如困，或群向而如语，或独立而如思。盖子薪为余言如此，非有诗肠画笔者，不能作此形容也。余既以病，不能作一诗记之；欲作数笔写生，而亦复不果。然是夜，与子薪对花剧谈甚欢，胸中落落一无所有，伏枕便酣睡至晓。从此病顿减。此花与爱花人皆我良药，不可忘也。

李流芳的朋友张子薪爱兰成癖，晚上点了蜡烛看兰，旁人看来简简单单的几茎叶子，被他一说，不但有“高”有“下”、有“正”有“欹”、有“平”有“揖”，甚至能联想出“如笑”“如嗔”“如羞”等诸多情态来，当真是太有才了！而李流芳和他面对兰花，谈得高兴，竟然病都好了大半。爱兰至此，可谓痴绝矣！

张羽《兰室五咏 · 其五》诗云：“能白更兼黄，无人亦自芳。寸心原不大，容得许多香。”确实，兰花虽小，却几乎没有人不喜欢她。郑板桥那一联“室雅何须大，花香不在多”，我想说的肯定也是兰花。

然而，兰花诗是不少，却没有一首是像“桃花依旧笑春风”“菊花须插满头归”那样家喻户晓、人们耳熟能详的。难道是因为兰花太像德人，而世人诚如孔子所叹“未见好德如好色者也”？

也许正像张炎这首《清平乐》中所写，兰花始终和我们有着距离，她不想太靠近红尘的喧嚣：

孤花一叶，比似前时别。烟水茫茫无处说，冷却西湖残月。　贞芳只合深山，红尘了不相关。留得许多清影，幽香不到人间。

二

迎得春来非自足

迎春花又名金梅、金腰带、小黄花，她与梅花、水仙和山茶花统称为“雪中四友”。

生长在北地的花朵中，最先报春的并非梅花。迎春花最不畏寒，她不妖不艳，开在梅花之先。她的花期很长，有两三个月，春花齐放时，她也相伴丛中。

我到现在都清楚地记得，大学校园里种了几株迎春花。早春料峭的寒风中，草木还是一片枯黄，没有半点春的气息，但无意间，却发觉墙角的迎春花已绽出一串串金黄色的花朵，给盼春的人心中添了许多欣喜。

迎春花来，宣告让百花生畏的冷漠寒冬即将远去。

莫作蔓菁花眼看

很多人并不大看重迎春花。宋人刘敞有诗道“黄花翠蔓无人顾，浪得迎春世上名”，意思是说人们并不在意迎春花的存在，迎春花徒有虚名罢了。

又有人称迎春花为“僭客”。“僭”是什么意思呢？古人把超越本分叫作“僭”，例如人家皇帝才能坐龙椅，你却弄了一把坐着；你不够坐八抬大轿的品级却也找八个人抬……这些都是“僭越”之罪。称迎春花为“僭客”的人，无非不满意迎春花早于百花而放，他认为迎春花太土气，却抢先开放，不懂得自己是几斤几两。

不过，这只是一小部分人的看法，大多数人还是挺喜欢迎春花的。白居易就有两首赞迎春花的诗：

幸与松筠相近栽，不随桃李一时开。杏园岂敢妨君去，未有花时且看来。

（《代迎春花招刘郎中》）

金英翠萼带春寒，黄色花中有几般。凭君与向游人道，莫作蔓菁花眼看。

（《玩迎春花赠杨郎中》）

白居易称赞迎春花“不随桃李一时开”，并说“杏园”这样的皇家园林也不敢不让迎春花入住，因为初春无花之时，也只有迎春花可看。

和前面刘敞所说的“黄花翠蔓无人顾”不同，白居易劝人们“莫作蔓菁花眼看”，所谓“蔓菁”，就是我们说的大头菜之类。冬天我们把一棵白菜疙瘩养在水里，有时也能开出小黄花来。这里是说，大家切莫将迎春花作菜疙瘩看待。

也有人将迎春花奉为宝贝。明王世懋在《学圃杂疏·花疏》中曾记曰：“迎春花虽草木，最先点缀春色，亦不可废。余得一盆景，结屈老干天然。得之嘉定唐少谷，人以为宝。”

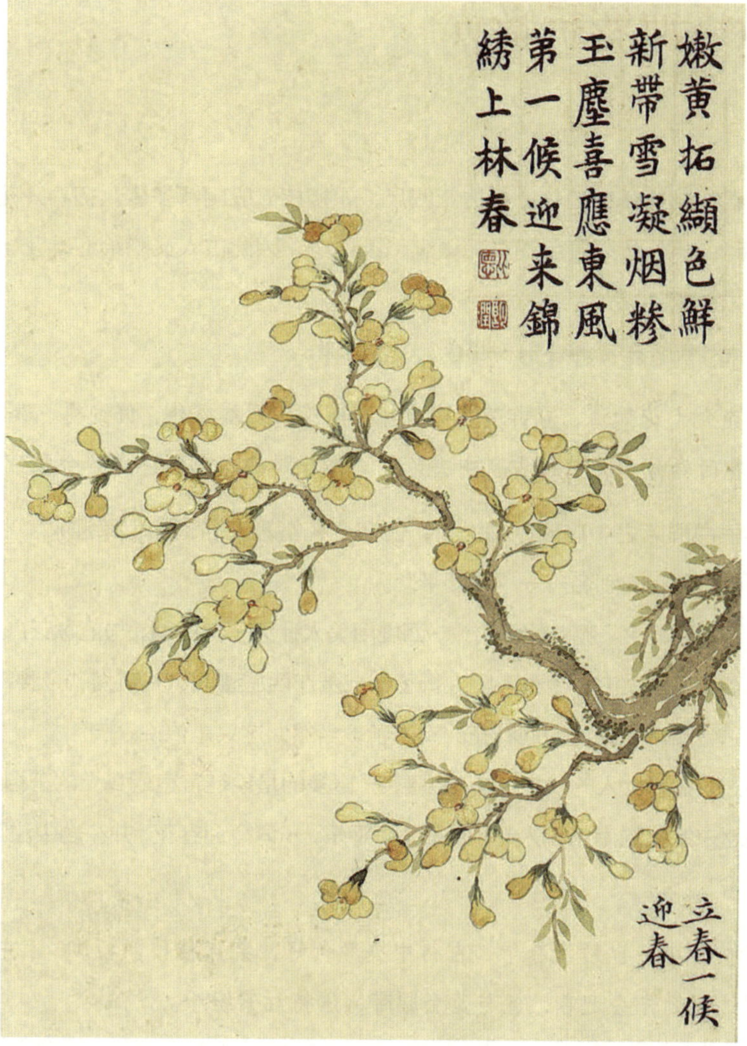

清　董诰
二十四番花信风图之迎春

董诰（1740—1818），字雅伦，号蔗林，浙江省杭州府富阳县（今浙江杭州）人。曾任工部侍郎、军机大臣、东阁大学士、文华殿大学士等，钦赐“紫禁城骑马”。

画上题诗为：“嫩黄拓缬色鲜新，带雪凝烟糁玉尘。喜应东风第一候，迎来锦绣上林春。”现藏台北故宫博物院。

带雪冲寒折嫩黄

迎春花枝条纤细蔓长，可达三四尺，如柳枝一般婀娜多姿。初春开花时，尚无片叶，一朵朵鹅黄色的小花缀满整条枝身。因此古人又赠给迎春花一个别号——“金腰带”。

清代叶申芗在《迎春乐·迎春》中曾写道：

春光九十花如海，冠群芳、梅为帅。斯花品列番风外，偏迎得、春来赛。未有花时春易买，笑还占、中央色在。谁与赐嘉名，争说道、金腰带。

这里说群芳之中应该以梅为首，但迎春花籍籍无名，却早早迎来了春光，最后又点出迎春的别名——“金腰带”。

“谁与赐嘉名”呢？民间传说，西施用美人计灭了吴国后，与范蠡泛舟五湖，恰逢迎春花盛开之时，范蠡亲昵地折下一枝围在西施腰间，并赞为“金腰带”。从此，“金腰带”就成为迎春花的别称了。当然，这只是传说。

不过，在后世人的眼中，这“金腰带”更多的是象征官宦们身上的玉袍金带。像身为赵宋宗室的南宋词人赵师侠有《清平乐》一词写迎春花，并在题中注明“一名金腰带”：

纤秾娇小，也解争春早，占得中央颜色好，装点枝枝新巧。　东皇初到江城，殷勤先去迎春，乞与黄金腰带，压持红紫纷纷。

“乞与黄金腰带，压持红紫纷纷”，这两句将迎春花写得很威风，够扬眉吐气的。

还有几篇写迎春花的诗值得我们欣赏。南宋董嗣杲在《迎春花》一诗中说：

破寒乘暖迓东皇，簇定刚条烂熳黄。野艳飘摇金誉嫩，露丛勾引蜜蜂狂。万千花事从头起，九十韶光有底忙。岁岁阳和先占取，等闲排日趱群芳。

北宋刘敞有诗《迎春花》赞道：

沈沈华省锁红尘，忽地花枝觉岁新。为问名园最深处，不知迎得几多春。

北宋韩琦曾镇守西陲，威名颇盛，人道“军中有一韩，西贼闻之心胆寒”，他的诗确是气势不凡：

覆阑纤弱绿条长，带雪冲寒折嫩黄。迎得春来非自足，百花千卉共芬芳。

“迎得春来非自足，百花千卉共芬芳”，将迎春花甘守平凡、默默奉献的精神写得淋漓尽致。

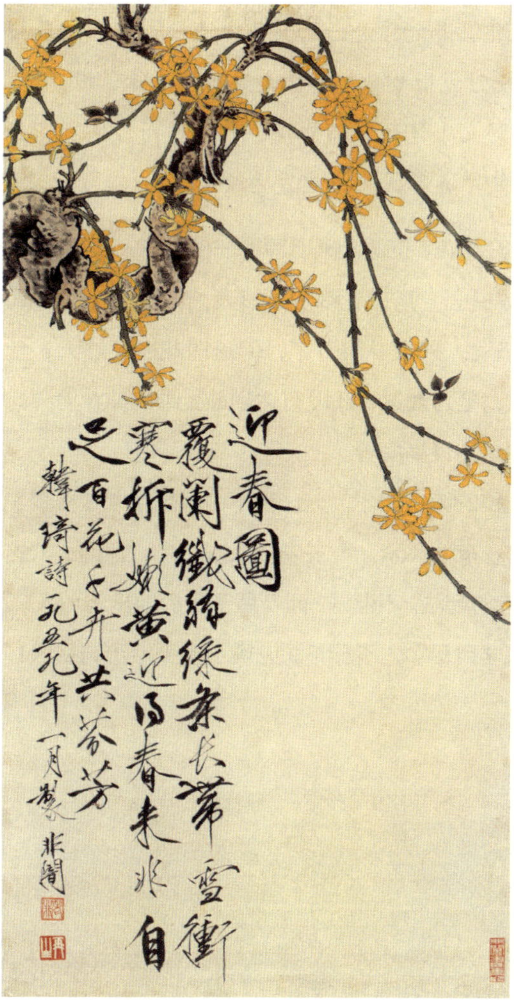

近现代 于非闇
迎春图

于非闇(1889—1959)，字仰枢，号闲人、闻人、老非，原籍山东蓬莱，生于北京。

此图上盛开着娇柔嫩黄的迎春花，和粗壮、带有沧桑感的主干相对比，有着鲜明的艺术效果。而上面题写的韩琦这首诗，更是将迎春花迎春不占春、约得百花共春风的品格彰显出来。

不过，整体而言，古代文人还是对迎春花有所忽略的，他们更关注牡丹芍药、桃杏菊梅之类，而小小的迎春花，并未太入眼。有人曾由迎春花联想到《红楼梦》中的迎春，说迎春姑娘像迎春花一样，从来没有得到过别人的重视，诗会之类有时也不请她，上上下下多不把她放在眼中。这么说来，倒确实有几分相像。

清代文人李渔在《闲情偶寄》中，对于百花和天地灵气之间的关系有非常精彩的论述。他说：

> 合一岁所开之花，可作天工一部全稿。梅花、水仙，试笔之文也，其气虽雄，其机尚涩，故花不甚大，而色亦不甚浓。开至桃、李、棠、杏等花，则文心怒发，兴致淋漓，似有不可阻遏之势矣；然其花之大犹未甚，浓犹未至者，以其思路纷驰而不聚，笔机过纵而难收，其势之不可阻遏者，横肆也，非纯熟也。迨牡丹、芍药一开，则文心笔致俱臻化境，收横肆而归纯熟，舒蓄积而罄光华，造物于此，可谓使才务尽，不留丝发之余矣。

这段话的大意是说：一年中所开的花，正像上天所写的一部文章一样，梅花、水仙是试笔文字，气虽雄健，却笔法生涩，所以花都不是很大，颜色也不是很浓。开到桃花、李花之类，就“文心怒发，兴致淋漓”了，但这时花还不够大，色还不够浓，因为这时候思维太纷乱，笔力太过，还没有达到最上乘的纯熟境界。等到牡丹、芍药开时，文章功力才达到最高境界。

由此而论，那迎春花就像是起稿的第一句了。这让我不由得想起《红楼梦》中唯一出于凤姐之口的那句诗：“一夜北风紧。”书中借众人之口，评道：“这句虽粗，不见底下的，这正是会作诗的起法。不但好，而且留了多少地步与后人。”

迎春花亦是如此，“迎得春来非自足”，不矜不骄，留了多少地步与后人！

二月花令

ER YUE HUA LING

桃始夭

杏花出

梨花溶

三

桃花依旧笑春风

温风如酒，春光灿烂的季节终于来了，这时桃花是当仁不让的主角。苏轼有诗：“竹外桃花三两枝，春江水暖鸭先知。”对于这浓浓的春意，桃花应该比鸭更早知道吧。

唐代吴融有诗：“满树和娇烂漫红，万枝丹彩灼春融。”白居易的堂弟白敏中也道：“千朵浓芳绮树斜，一枝枝缀乱云霞。凭君莫厌临风看，占断春光是此花。”诗词中只要出现桃花字样的，无一不是春意融融。

桃之夭夭，灼灼其华
——春意融融的桃花

艳丽的桃花仿佛就是春天的象征，人们把农历二月叫桃月，春雨叫桃雨、桃花雨。唐代戴叔伦有诗《兰溪棹歌》："兰溪三日桃花雨，半夜鲤鱼来上滩。"就是指桃花盛开时的春雨。

我们知道白居易曾有《题大林寺桃花》一诗："人间四月芳菲尽，山寺桃花始盛开。长恨春归无觅处，不知转入此中来。"见到了桃花，就仿佛追到了春天。

桃之夭夭，灼灼其华，之子于归，宜其室家。

桃之夭夭，有蕡其实，之子于归，宜其家室。

桃之夭夭，其叶蓁蓁，之子于归，宜其家人。

《诗经·周南·桃夭》这首庆新婚的诗，用美艳的桃花来形容新娘子，又用结实累累的桃树来预祝新娘多生贵子。

桃花灿烂、桃实累累、桃叶青葱，洋溢着一派生机，满堂喜气，用以祝贺新婚实在是再恰当不过了。比之后来婚礼上的近乎恶俗的闹喜歌词要高雅多了，像《颠轿歌》里揶揄新娘的那种词儿——"定神看，大麻脸，踏鼻豁嘴翻翻眼。鸡脖子，五花脸，头上虱子接半碗"，远不如我们先人的《桃夭》歌温厚风雅。

好在还有阿牛的这首歌，倒像是承续了《诗经》中的意境："暖暖的春风迎面吹，桃花朵朵开。枝头鸟儿成双对，情人心花儿开……"

"桃花"，似乎和男女情爱有着不解之缘：男女间的艳遇往往被称为"桃花运"，有关男女之事的绯闻叫"桃色新闻"，特别能勾人魂的眼睛名为"桃花眼"……

桃花，往往伴随着一个个美丽的爱情故事。其中，最著名的当数"人面桃花"的故事，它来源于唐代诗人崔护所写的一首《题都城南庄》诗：

南宋　马世荣
碧桃倚石图页

马世荣，生卒年不详。著名画家马远之父，曾任画院待诏，赐金带，善花鸟、人物、山水。

图绘太湖石一块，又有桃枝数枝，笔法遒劲，枝干粗壮，充满生机。枝上朵朵桃花绽放，花朵以粉色晕染，尽显妖娆富贵的气象。

去年今日此门中，人面桃花相映红。人面不知何处去，桃花依旧笑春风。

崔护和桃花树下女子的爱情故事，大家耳熟能详，这里就不重复了。千百年后，我们读到此诗，那个桃树下凝睇含笑、脉脉含情的少女，仍如同亲见，桃花树下那段如潋滟春光一样的美好爱情，依然让我们憧憬向往。

唐太宗的妻子长孙皇后有一首诗，名为《春游曲》：

上苑桃花朝日明，兰闺艳妾动春情。井上新桃偷面色，檐边嫩柳学身轻。

花中来去看舞蝶，树上长短听啼莺。林下何须远借问，出众风流旧有名。

这首诗中，出现了两次桃花的影像，长孙皇后可不像后世的女子那样羞答答的，而是大胆地说："兰闺艳妾动春情。"那灿烂明媚的桃花，正代表了盛唐女子的青春活力。

此后的诗词文赋中，一提到"桃花脸""桃花面"，人们都不觉记起爱情的故事。不过后世的许多文字中，不免都挂上了伤感的色彩。晚唐善写闺情诗的韩偓曾在《复偶见三绝》其一中这样写道：

桃花脸薄难藏泪，柳叶眉长易觉愁。密迹未成当面笑，几回抬眼又低头。

这名女子因为种种原因，不得和有情人成为眷属。她现在默默地望着这个她深爱的男人，心中悲辛，却不敢脱露形迹，此时此刻，情何以堪！

韩偓还有一首名为《新秋》的诗："一夜清风动扇愁，背时容色入新秋。桃花脸里汪汪泪，忍到更深枕上流。"我认为这两首诗中都用"桃花脸"来形容的女子，应该是同一人，她或许正是韩偓念念不忘的情人。

同是晚唐诗人的韦庄，相传其爱姬为蜀主王建所夺，他刻骨的思念化作《女冠子》这首梦中的小词：

昨夜夜半，枕上分明梦见。语多时。依旧桃花面，频低柳叶眉。　半羞还半喜，欲去又依依。觉来知是梦，不胜悲。

直到现代，张爱玲有一篇名为《爱》的散文，其中写了村庄里的女孩子，一个春天的晚上，她手扶着桃树，和一个男子打招呼："你也在这里吗？"然而，他们的故事从此没了下文，后来女孩子被拐卖到他乡外县，几次三番地转卖，经过无数的惊险和风波，但老了的时候她还记得，在那个春天的晚上，那棵桃树下的那个年轻男子。

桃花，一直都代表着美好易逝的爱情。正所谓："山桃红花满上头，蜀江春水拍山流。花红易衰似郎意，水流无限似侬愁。"

古来多少痴情人都伤叹："桃花落，闲池阁，山盟虽在，锦书难托。"

清　邹一桂
碧桃春鸟图

邹一桂 (1688—1772)，字原褒，号小山，又号让卿，晚号二知老人，江苏无锡人。官员，画家。

此图绘桃花山鸟，学恽寿平的没骨画法，艳丽夺目，一派春光灿烂的景象。现藏台北故宫博物院。

桃花庵里桃花仙
——桃花的仙隐情结

桃花所代表的意象，不单单是青春妙龄的女子、芬芳甜蜜的爱情。由于有陶渊明的《桃花源记》一文，桃花也代表着隐逸和超脱的气质。

《桃花源记》一文大家都非常熟悉，这里就不多说了。王维有诗：“采菱渡头风急，策杖林西日斜。杏树坛边渔父，桃花源里人家。”堪称“诗中有画”，道出了隐者之居的剪影。王维还有一首长诗《桃源行》，几乎用诗句将《桃花源记》复述了一遍：

渔舟逐水爱山春，两岸桃花夹古津。坐看红树不知远，行尽青溪不见人。
山口潜行始隈隩，山开旷望旋平陆。遥看一处攒云树，近入千家散花竹。
樵客初传汉姓名，居人未改秦衣服。居人共住武陵源，还从物外起田园。
月明松下房栊静，日出云中鸡犬喧。惊闻俗客争来集，竞引还家问都邑。
平明闾巷扫花开，薄暮渔樵乘水入。初因避地去人间，及至成仙遂不还。
峡里谁知有人事，世中遥望空云山。不疑灵境难闻见，尘心未尽思乡县。
出洞无论隔山水，辞家终拟长游衍。自谓经过旧不迷，安知峰壑今来变。
当时只记入山深，青溪几度到云林。春来遍是桃花水，不辨仙源何处寻。

诗中开头和结尾都提到了桃花，前后呼应，文势活跃多姿，情韵悠长。唐宋时人写《桃源行》的相当多，像刘禹锡、韩愈、王安石等都写过，不过清代名士王士禛就评道：“唐宋以来，作《桃源行》最佳者，王摩诘（维）、韩退之（愈）、王介甫（安石）三篇。观退之、介甫二诗，笔力意思甚可喜。及读摩诘诗，多少自在；二公便如努力挽强（拉硬弓），不免面红耳热，此盛唐所以高不可及。”

其实我觉得，也未必什么事都抬出“盛唐”来说道，王维的这首诗确实写得最好，但我觉得更重要的原因是王维本身就是隐士风度，拥有恬静安闲的性格。而韩愈、王安石二位，一个是“木强人”，一个是“拗相公”，用我们现在的话来说，都是脾气火爆、不撞南墙不回头的“犟筋头”。他们来写与世无争的《桃源行》，自然是油水难溶。

在张旭的“桃花尽日随流水，洞在清溪何处边”、李白的“犬吠水声中，桃花带雨浓”、刘禹锡的“桃花满溪水似镜，尘心如垢洗不去”、谢枋得的“寻得桃源好避秦，桃红又是一年春”等诗句中，桃花都代表着清幽神秘的世外仙境。不求功名、隐迹烟波之中的隐士张志和，笔下的《渔歌子》也是“桃花流水鳜鱼肥”，一副逍遥世外的风姿。

屡受挫折、心灰意冷的唐伯虎自号“六如居士”[1]，在苏州桃花坞种满了桃花。他有一首著名的《桃花庵歌》：

桃花坞里桃花庵，桃花庵里桃花仙；桃花仙人种桃树，又摘桃花换酒钱。
酒醒只在花前坐，酒醉还来花下眠；半醒半醉日复日，花落花开年复年。
但愿老死花酒间，不愿鞠躬车马前；车尘马足富者趣，酒盏花枝贫者缘。
若将富贵比贫者，一在平地一在天；若将贫贱比车马，他得驱驰我得闲。
别人笑我太疯癫，我笑他人看不穿；不见五陵豪杰墓，无花无酒锄作田。

后人因唐伯虎有“江南第一风流才子”之称，往往将《桃花庵歌》中的“桃花”理解为“桃花运”，其实不然，此中情趣，应该是抒发隐者之情。然而，流传至今，唐伯虎的绘画中，以桃花为主题的作品却不多见了。

金庸先生在其小说中塑造了桃花岛主黄药师这一形象，比起另外三大高手，黄药师更加特立独行、萧然出尘。这桃花岛上，桃花遍地，落英缤纷，有道是：“桃花影落飞神剑，碧海潮生按玉箫。”极好地烘托了东邪黄药师那绝世高人的身份。

桃花不单有隐的意象，还沾着“仙道”的气息。汉代就有刘、阮二人到天

1　源自佛教典籍《金刚经》：“一切有为法，如梦幻泡影，如露亦如电，应作如是观。”喻世事之空幻无常。

台遇仙子的故事。相传刘晨、阮肇二人去天姥山采药，结果恰似李逍遥遇到赵灵儿，被二位仙女留住，结为夫妻。过了十天，刘阮要求回乡，仙女们苦苦挽留半年后终于允许他们回去，然而人世已是沧桑巨变，几百年过去了，只找到二人的第七世孙。想回去再找仙女吧，却再也无路可通，只留下感慨无限。你说这俩傻瓜回去做啥？元稹就曾大惑不解，作诗道：“芙蓉脂肉绿云鬟，罨画楼台青黛山。千树桃花万年药，不知何事忆人间。”

南宋　马和之
桃源图卷

马和之，生卒年不详，钱塘（今浙江杭州）人。
此画呈现陶渊明《桃花源记》中的故事情景，人物刻画细腻生动，上钤印为“宣统御览之宝”。现藏台北故宫博物院。

晚唐诗人曹唐最喜欢写游仙诗，有诗名《刘阮再到天台不复见仙子》，就是写此事：

再到天台访玉真，青苔白石已成尘。笙歌冥寞闲深洞，云鹤萧条绝旧邻。
草树总非前度色，烟霞不似昔年春。桃花流水依然在，不见当时劝酒人。

元　赵苍云
刘晨阮肇入天台山图（局部）

赵苍云，生卒年不详。他和知名书法家赵孟頫及前面提到过的画兰花有名的赵孟坚一样，都是南宋宗室。

元朝文人华幼武对此画评道：“所作刘阮天台图，意境萧散，神趣闲逸，曹衣吴带，设色妍妙，有诸家所不能及者。”此评极为精当。现藏美国纽约大都会艺术博物馆。

所以后来“桃源”一词，有时候也代指这么一回事。相传仙人吕洞宾有诗道：“曾随刘阮醉桃源，未省人间欠酒钱。”初唐时上官婉儿召的宫廷诗人，曾作了一组《桃花行》诗，其中就引用了上述典故，讲的大多是桃花的“仙味儿”：

岁去无言忽憔悴，时来含笑吐氛氲。不能拥路迷仙客，故欲开蹊侍圣君。

（李峤《杂曲歌辞·桃花行》）

绮萼成蹊遍籞芳，红英扑地满筵香。莫将秋宴传王母，来比春华寿圣皇。

（李乂《杂曲歌辞·桃花行》）

源水丛花无数开，丹跗红萼间青梅。从今结子三千岁，预喜仙游复摘来。

（徐彦伯《杂曲歌辞·桃花行》）

桃花灼灼有光辉，无数成蹊点更飞。为见芳林含笑待，遂同温树不言归。

（苏颋《杂曲歌辞·桃花行》）

红萼竞妍春苑曙，粉茸新向御筵开。长年愿奉西王宴，近侍惭无东朔才。

（赵彦昭《杂曲歌辞·桃花行》）

这一伙人都是宫廷御用诗人，写诗就是为了点缀升平，当然强调桃花的“仙气”，“王母”“圣皇”“三千岁”“东方朔”之类的用词纷纷上场。不过话说回来，要说这桃花、桃树还真和仙道挺有关系的，本书后面会说到，莲花和佛家的关系极为密切，和道家也有些关联，但桃主要是和道家有关。在中国民间，桃木一直是辟邪的重要法器，捉鬼画符的道士们用的都是桃木剑。《封神演义》中就写云中子悬了一把桃木剑，让得道千年的九尾妖狐妲己怕得不行。

神话中西王母有一个“蟠桃园”，李贺有诗云：“王母桃花千遍红，彭祖巫咸几回死。”这王母娘娘的桃花，可是三千年一开花，三千年一结果的，“千遍红”，那可是要过上三百万年，足以回到地质时代中的新生代的第三纪了。

曹唐的《小游仙诗九十八首》其一道：“海上桃花千树开，麻姑一去不知来。辽东老鹤应慵惰，教探桑田便不回。”此处的桃花，穿越了千万年的沧桑，令人神往。

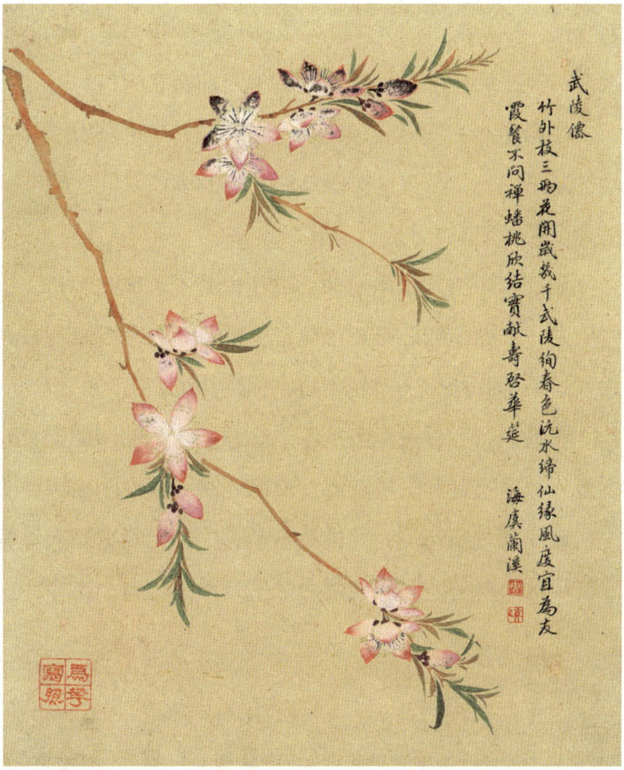

清　邹一桂
桃花

上面题诗：“武陵仙：竹外枝三两，花开岁几千。武陵绚春色，沅水缔仙缘。风度宜为友，霞餐不问禅。蟠桃欣结实，献寿启华筵。海虞兰溪。”

桃花乱落如红雨
——红颜薄命的感伤

桃花容色娇美，犹如红颜女子。唐太宗宠爱的贤妃徐惠有诗名《赋得北方有佳人》，云：“由来称独立，本自号倾城。柳叶眉间发，桃花脸上生。……”晚唐诗人李群玉夸一个歌姬的酥胸媚眼道：“胸前瑞雪灯斜照，眼底桃花酒半醺。”晚明名妓柳如是说得更绝妙：“垂杨小院绣帘东，莺阁残枝蝶趁风。最是西泠寒食路，桃花得气美人中。”人家都说桃花为美人增色，柳大美人却不这样看，她说：哼，桃花是因为我这样的美人而有了生气！

初看觉得柳美人未免过于傲气，但仔细一琢磨，说得也对，要是桃花树下站的不是美人，而是《笑傲江湖》中的桃谷六仙，呵呵，这“人面桃花相映红”的意境哪里还有？

然而，自古红颜多薄命，桃花也禁不起风吹雨打。正如李渔在《闲情偶寄》中所说：“噫，色之极媚者莫过于桃，而寿之极短者亦莫过于桃，‘红颜薄命’之说，单为此种……然勿明言，至生涕泣。”

李渔说，百花中颜色最媚者就是桃花了，而花期最短的也是桃花，“红颜薄命”之说，似乎就是专说桃花的，然而还是不要说明白，说明白就太伤人心了。

晚唐周朴有诗道：“桃花春色暖先开，明媚谁人不看来。可惜狂风吹落后，殷红片片点莓苔。”唐代薄命才子刘希夷也有一首令人伤感的诗：

> 洛阳城东桃李花，飞来飞去落谁家？洛阳女儿惜颜色，行逢落花长叹息。
> 今年落花颜色改，明年花开复谁在？已见松柏摧为薪，更闻桑田变成海。
> 古人无复洛城东，今人还对落花风。年年岁岁花相似，岁岁年年人不同。
> ……

桃花，虽然鲜艳，但却匆匆而开，匆匆而落，落时的那一片片红令人感伤无限，

明　张纪
人面桃花图

张纪，生卒年不详，字文正，浙江海盐人。工人物，尤长仕女，与唐寅不相上下。

此图中一位仕女立于庭中桃树下，取“人面桃花相映红”之意。现藏大英博物馆。

正是“惜春长怕花开早，何况落红无数”！

《红楼梦》中林黛玉所葬的正是那匆匆飘落的桃花。除了《葬花吟》外，林黛玉还有一首《桃花行》诗，专写桃花：

桃花帘外东风软，桃花帘内晨妆懒。帘外桃花帘内人，人与桃花隔不远。
东风有意揭帘栊，花欲窥人帘不卷。桃花帘外开仍旧，帘中人比桃花瘦。
花解怜人花亦愁，隔帘消息风吹透。风透帘栊花满庭，庭前春色倍伤情。
闲苔院落门空掩，斜日栏杆人自凭。凭栏人向东风泣，茜裙偷傍桃花立。

桃花桃叶乱纷纷，花绽新红叶凝碧。雾裹烟封一万株，烘楼照壁红模糊。
天机烧破鸳鸯锦，春酣欲醒移珊枕。侍女金盆进水来，香泉影蘸胭脂冷。
胭脂鲜艳何相类，花之颜色人之泪。若将人泪比桃花，泪自长流花自媚。
泪眼观花泪易干，泪干春尽花憔悴。憔悴花遮憔悴人，花飞人倦易黄昏。
一声杜宇春归尽，寂寞帘栊空月痕。

书中写宝玉看到此诗时的感受是：“宝玉看了，并不称赞，痴痴呆呆，竟要滚下泪来。”并知出自黛玉。确实，“明媚鲜妍能几时，一朝飘泊难寻觅”的桃花正是薄命红颜们的写照，此诗虽然写得好，但宝玉联想到这些，又怎么还有心情说出“赞词”来？

清　孙温
《红楼梦》之林黛玉重建桃花社

孙温，生于1826年，卒年不详，字润斋，号浭阳居士，河北唐山丰润人。

这幅画生动地还原了《红楼梦》第七十回中的情景。现藏旅顺博物馆。

清　崔鹤
李香君肖像
（局部）

崔鹤(约 1800—1850)，字问琴。

图上李香君手持桃花扇，神色有忧愁思念之感。相传李香君身材娇小，人称“香扇坠儿”，而她的气节却让众多须眉汗颜，她的芳名也和名剧《桃花扇》一样流传不朽。

在《桃花扇》一剧中，李香君溅到扇子上的斑斑鲜血被点染成了一片片桃花花瓣，触目惊心，令人惋叹：

春风上巳天，桃瓣轻如剪，正飞绵作雪，落红成霰。不免取开画扇，对着桃花赏玩一番。溅血点作桃花扇，比着枝头分外鲜。

这是《桃花扇》中的唱词，这里的桃花已不全是柔媚可怜的形象，而是体现出一种如傲雪红梅般的刚烈。

轻薄桃花逐水流
——有关桃花的风言风语

杜甫有诗句云“轻薄桃花逐水流”，不少人也把桃花看作寻欢卖笑的风尘女子一般，岑参在挑逗一名歌妓时就写道：“朱唇一点桃花殷，宿妆娇羞偏髻鬟。细看只似阳台女，醉着莫许归巫山。”（《醉戏窦子美人》）

宋人程棨在《三柳轩杂识》中更说：“余尝评花，以为梅有山林之风，杏有闺门之态，桃如倚门市倡，李如东郭贫女。”非常明确地把桃花归于妓女一类，而且是“倚门市倡”——倚门拉客的“扫街女”之类，连“秦淮八艳”那种有身份的名妓都不是。

《红楼梦》里众美人抽花签时，袭人就抽到了桃花，诗句是“桃红又见一年春”，暗中讽刺她梅开二度，又嫁了别人。后来又用题息夫人庙的诗——“千古艰难唯一死，伤心岂独息夫人”来挖苦她。

所谓息夫人，是春秋时息国君主的妻子，又名桃花夫人。后来楚王灭了息国，将她霸占。她在楚宫里虽生了两个孩子，但终日默默无言，始终不和楚王说一句话。即便如此，古时好多人对息夫人还是颇有微词。例如杜牧就写诗说：“细腰宫里露桃新，脉脉无言度几春。至竟息亡缘底事，可怜金谷坠楼人。”嫌息夫人不像石崇家的绿珠那样坚决殉主。

其实，就算是身为风尘女子，也是被侮辱和被损害的弱者，她们更应该被同情。宋代名妓严蕊在陪台州太守唐与正佐宴时，被唐与正命作一首咏吟桃花的词。当时桃树上桃花很多，红色的白色的都有，严蕊用《如梦令》的词牌填了一首词，唱道：

道是梨花不是，道是杏花不是，白白与红红，别是东风情味。曾记、曾记，人在武陵微醉。

这首词初看很一般，不过细品一下，会发现意兼双关，并非浅俗之作。所谓“道是梨花不是，道是杏花不是”，虽明写桃花，但像严蕊这样的歌妓，整天强颜欢笑、逢场作戏地侍候男人们，妻不是妻，妾不是妾，不也有这“道是”“不是”的尴尬意味吗？而最后这句“武陵微醉”大有讲究，武陵源又叫桃花源，切合桃花一题，而后世也常用“入桃源”来比喻男人得到某个女人，严蕊此处明写桃花，其实却道的是自己。她的满腔酸楚不着行迹，融化于词句之中。

还有不少人，把桃花和梅、松等花木对立起来，把桃李等形容为粗俗附势的小人之辈。钱起有诗云：“桃花徒照地，终被笑妖红。”苏轼诗曰：“桃李漫山总粗俗。”陈与义也夸梅花而贬桃花：“高花玉质照穷腊，破雪数枝春已多。一时倾倒东风意，桃李争春奈晚何。”李白的《桃花开东园》这首诗写得更详细：

> 桃花开东园，含笑夸白日。偶蒙东风荣，生此艳阳质。
> 岂无佳人色，但恐花不实。宛转龙火飞，零落早相失。
> 讵知南山松，独立自萧飋。

刘禹锡曾因借《元和十年自朗州至京戏赠看花诸君子》一诗讽刺当朝权贵而再度被贬，于是他连带着也恨上了玄都观的桃花。十二年后，当他重回京师，看到“桃花净尽菜花开”时，不觉开怀大笑——“前度刘郎今又来”。这里的桃花，成了那些排挤打击他的朝中新贵的象征。

当然，刘禹锡并非见了桃花就咬牙切齿，在“城边流水桃花过，帘外春风杜若香”“山上层层桃李花，云间烟火是人家”等诗句里，他还是将桃花写得十分可爱。

清　恽寿平
桃花图

恽寿平(1633—1690)，初名格，字寿平，又字正叔，号南田、白云外史等，江苏常州府武进县（今江苏常州）人。

这是临摹唐伯虎的一幅画作，现藏故宫博物院。上面题：“习习香熏薄薄烟，杏迟梅早不同妍。山斋尽日无莺蝶，只与幽人伴醉眠。瓯香馆临唐解元，寿平。”但近代大画家吴湖帆对这幅画作是否真的临摹唐伯虎存有质疑，他在画的左侧题道：“是否本出六如（唐伯虎）不知矣。”

▶ 清　郎世宁
桃花图

郎世宁（1688—1766），意大利米兰人。康熙年间来中国，任宫廷画师，历康熙、雍正、乾隆三朝，参加了圆明园西洋楼的设计工作。

这幅桃花图将西方绘画技法与传统中国审美情调相融合，别有一番风味。现藏台北故宫博物院。

万树桃花映小楼

李煜曾有一首词《渔父》，羡慕江上的渔翁："浪花有意千里雪，桃花无言一队春。一壶酒，一竿身，快活如侬有几人？"潘安曾在所辖县里遍种桃花，有道是："河阳一县花。"然而，他们都深陷政治旋涡之中，一个成为亡国之君，一个成为东市之鬼，再也没有心情从容地欣赏桃花了。

李白在《春夜宴从弟桃花园序》中说得好："夫天地者，万物之逆旅也；光阴者，百代之过客也。而浮生若梦，为欢几何？古人秉烛夜游，良有以也。况阳春召我以烟景，大块假我以文章。会桃花之芳园，序天伦之乐事……"

"浮生若梦，为欢几何"？桃花，正代表了那匆匆而逝的美好年华。明代文人屠隆曾写道："傍池桃树数株，三月红锦映水，如阿房、迷楼，万美人尽临妆境。"是啊，如果有一个大园子，里面种满了桃花，东风里花开烂漫，着眼生春，是何等令人欣喜啊！很喜欢元稹这首诗中所写的生活：

山泉散漫绕阶流，
万树桃花映小楼。
闲读道书慵未起，
水晶帘下看梳头。

何必千箱黄金堆北斗，但得万树桃花绕小楼，足矣。

四

一枝红杏出墙来

提起杏花，相信大多数人都会想起那句“春色满园关不住，一枝红杏出墙来”。是啊，想到杏花，总会联想到那融融的春意、灼灼的春光。正如宋祁词《玉楼春》中所说：“绿杨烟外晓寒轻，红杏枝头春意闹。”

沾衣欲湿杏花雨

北宋 赵昌
写生杏花图

赵昌（970—1040），字昌之，号剑南樵客，广汉剑南（今四川剑阁之南）人。

本幅仅画杏花一枝，但花朵繁盛，显得春意盎然。现藏台北故宫博物院。

杏花的外形和桃、梅相似，但杏花盛开在早春，体态轻盈可喜。宋人赵长卿有《一丛花》一词，道：

柳莺啼晓梦初惊，香雾入帘清。胭脂淡注宫妆雅，似文君、犹带春酲。芳心婉娩，媚容绰约，桃李总消声。　相如春思正萦萦，无奈惜花情。曲栏小槛幽深处，与殷勤、遮护娉婷。姚黄魏紫，十分颜色，终不似轻盈。

“姚黄魏紫，十分颜色，终不似轻盈”，是说牡丹中的极品如“姚黄魏紫”之类，虽然富贵艳丽，但却没有杏花娇小妩媚的感觉。依宋人的审美观，牡丹未免有些夯笨了。

有一首传世名联是这样的：“白马秋风塞上，杏花春雨江南。”“沾衣欲湿杏花雨”，春雨中的杏花是何等美丽温柔啊！有首歌的歌词是这样的：“舍不得杏花春雨中的你，盈盈的笑语……”歌虽老，但每次听到依然心动。

杜牧有诗：“清明时节雨纷纷，路上行人欲断魂。借问酒家何处有，牧童遥指杏花村。”心境凄迷纷乱的时候，得以寻到一家酒肆，看到那盈盈含笑的杏花，欣慰之情，不言而喻。这也是这首看似平平无奇的小诗能够千古盛传的原因吧。

陆游的这首《临安春雨初霁》借用了杜牧诗中的意境：

世味年来薄似纱，谁令骑马客京华？小楼一夜听春雨，深巷明朝卖杏花。

矮纸斜行闲作草，晴窗细乳戏分茶。素衣莫起风尘叹，犹及清明可到家。

“小楼一夜听春雨，深巷明朝卖杏花”，大概是诗人客居京华时，于无聊无奈无措之际心灵唯一感到的温暖了。

春天时的蒙蒙细雨，如丝般飘落，浮起轻纱似的淡烟，将怒放的杏花滋润得格外娇艳。

南宋有一个修道之士，名为白玉蟾，曾为宋宁宗封为紫清道人。他笔下的杏花春雨的景致，也写出一片融融春意：“吹面无寒，沾衣不湿，岂不快哉。正杏花雨嫩，红飞香砌，柳枝风软，绿映芳台。”（《沁园春》）

杏花雨细沾衣润，杨柳风和拂面轻。寻春踏青之时，假如来上一场绵绵如牛毛般的细雨，洗尽纤尘，润出道旁几枝尽情绽放的杏花，仿佛洗妆不褪残红的佳人，笑语迎人，娇艳欲滴，可谓天公作美啊！

清　董诰
二十四番花信风图之杏花

画上题诗为：“和飔荡漾敷花坞，红杏翩翻锦萼舒。好雨初沾益繁茂，明霞灼烁浥滋余。”现藏台北故宫博物院。

最含情处出墙头

提起杏花诗中那句“一枝红杏出墙来”，人们都不免想起“红杏出墙”这个词，如今该词专门用来形容女人的婚外情。宋人叶绍翁当时写这首诗时，未必就有这种意思在里面，所以有人说：“如果叶翁地下有知的话，恐要气得捶胸顿足了，愤愤于后人有辱他的斯文。但在生气之余，可能也不得不佩服后人想象力之丰富了。”

不过，杏花在古诗文中早就有“作风不正派”的名声。例如唐人薛能就有《杏花》一诗：

活色生香第一流，手中移得近青楼。谁知艳性终相负，乱向春风笑不休。

这里薛能说杏花生性就风流放荡，怎么也改不了倚门卖笑的那副德行。晚唐诗人韦庄的《思帝乡》一词中出现的这位非常大胆前卫的唐代女孩，身后的背影也是满天杏花：

春日游，杏花吹满头。陌上谁家年少，足风流。妾拟将身嫁与，一生休。纵被无情弃，不能羞。

更有甚者，清人李渔在《闲情偶寄》中提到杏花时说：“种杏不实者，以处子常系之裙系树上，便结子累累。余初不信，而试之果然。是树之喜淫者，莫过于杏，予尝名为风流树。”好嘛，杏花竟落下个“喜淫之最”的名声。

小说《金瓶梅》里有一联：“金勒马嘶芳草地，玉楼人醉杏花天。”这一联最早见于明朝第一个状元吴伯宗的《大驾春巡诗应制》，其道：“君王马上索诗篇，杜甫诗中借一联。金勒马嘶芳草地，玉楼人醉杏花天。”然而，今天在《全唐诗》中、杜甫集中却都找不到此联。是否真为杜甫所写且不去管，这“玉楼人醉杏花天”的风情和老杜的形象相去甚远，和《金瓶梅》中的淫靡气氛倒是挺相称。

《西游记》中第六十四回“木仙庵三藏谈诗”，写唐僧和一群树精木怪谈诗论文，其中有一个“杏仙”，就是杏树变化的妖精。她生得十分妖媚，用书中的话讲就是：“青姿妆翡翠，丹脸赛胭脂。星眼光还彩，蛾眉秀又齐。下衬一条五色梅浅红裙子，上穿一件烟里火比甲轻衣。弓鞋弯凤嘴，绫袜锦绣泥。妖娆娇似天台女，不亚当年俏妲姬。”这个杏仙对唐僧十分有意，文才也很好，所写的诗中“雨润红姿娇且嫩”一句，得到唐僧等一致称赞。电视剧中杏仙献舞献歌的一幕给观众留下了极为深刻的印象，其所唱歌词如下：

桃李芳菲梨花笑，怎比我枝头春意闹。芍药艳哪李花俏，怎比我雨润红姿娇，雨润红姿娇。香茶一盏，迎君到。星儿摇摇，云儿飘飘，何必西天万里遥，何必西天万里遥。欢乐就在今朝，欢乐就在今宵。……

“杏仙”被网友们评为《西游记》中最令人难忘的十大美女之一，“杏仙”的魅力的确难以抵挡，也就唐僧这种木头疙瘩般的人能不动心罢了。

《红楼梦》中一开卷，写贾雨村爱上了甄家的丫鬟娇杏。这娇杏有一日撷花儿，猛地抬头，见窗内有陌生人（贾雨村），便回头看了一两次。贾雨村以为她有意于自己，遂狂喜不禁，以为此女子必是个巨眼英雄、风尘中之知己也。贾雨村做了县太爷后，便讨娇杏来做了二房。一年后，娇杏便生了个儿子；再半年，雨村嫡妻病故，娇杏被扶作正室夫人。娇杏，谐音“侥幸”也。书中写的这个“娇杏”虽然出于无心，但也摆脱不了勾引男人的形象。

柳永有《少年游》一词写一位风尘女子，也是用“红脸杏花春”来形容：

世间尤物意中人，轻细好腰身。香帏睡起，发妆酒酽，红脸杏花春。娇多爱把齐纨扇，和笑掩朱唇。心性温柔，品流详雅，不称在风尘。

宋朝张先《更漏子》一词里的风尘女子也是这样挑逗客人的：“黛眉长，檀口小，耳畔向人轻道。柳阴曲，是儿家，门前红杏花。”“门前红杏花”流露出无限的风流情思。

话说回来，叶绍翁的这句“一枝红杏出墙来”到底有没有说女人出轨这种意思呢？不好说。不过大家应该知道，他这句诗其实也是借鉴了前人的诗句而得来的。先看温庭筠的这首《杏花》诗：

红花初绽雪花繁，重叠高低满小园。正见盛时犹怅望，岂堪开处已缤翻。
情为世累诗千首，醉是吾乡酒一樽。杳杳艳歌春日午，出墙何处隔朱门。

如果说这首诗中的“出墙何处隔朱门”与“一枝红杏出墙来”的相似度还不够高的话，那吴融的这首《途中见杏花》更像是叶诗的本源：

一枝红艳出墙头，墙外行人正独愁。长得看来犹有恨，可堪逢处更难留。
林空色暝莺先到，春浅香寒蝶未游。更忆帝乡千万树，澹烟笼日暗神州。

这首诗中的“一枝红艳出墙头”非常接近“一枝红杏出墙来”了。吴融还有另一首《杏花》诗，也提到了“出墙”的字样，比较叶绍翁的诗，其中反映的“出轨”意味更为明确：

粉薄红轻掩敛羞，花中占断得风流。软非因醉都无力，凝不成歌亦自愁。
独照影时临水畔，最含情处出墙头。裴回尽日难成别，更待黄昏对酒楼。

“最含情处出墙头”，千娇百媚的杏花在墙头嫣然一笑，谁能不为之心动？

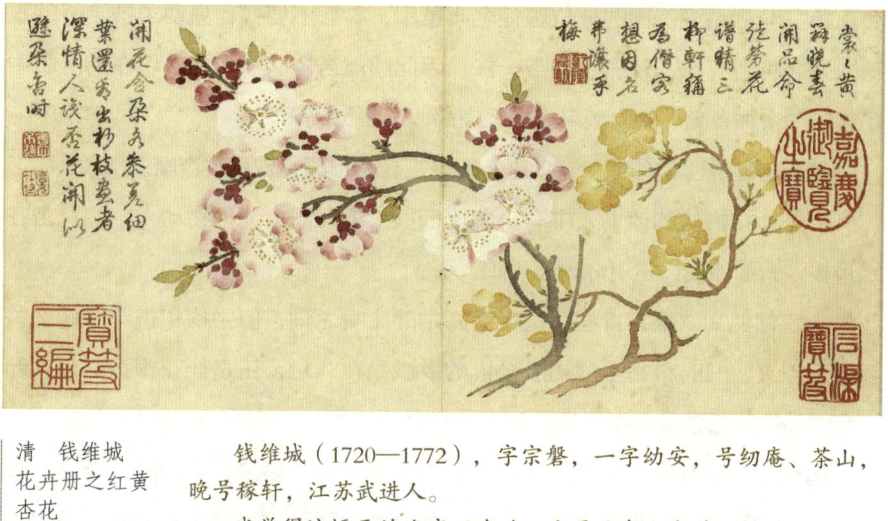

清　钱维城
花卉册之红黄杏花

钱维城（1720—1772），字宗磐，一字幼安，号纫庵、茶山，晚号稼轩，江苏武进人。

我觉得这幅画的名字不准确，当是迎春和杏花。何以见得？从乾隆所题两首诗可以看出。最右边的诗是：“裳裳黄瓣晓春开，品命徒劳花谱猜。三柳轩称为僭客，想因名弗让乎梅。”这说的是迎春花。而左边红色的花才是杏花，最左侧题诗为：“开花含朵各参差，细叶还看出杪枝。画者深情人识否，花开似逊朵含时。”

何物动人，二月杏花八月桂

好了，也别只说人家“红杏出墙”这档子事了，花本多羞，再说，杏花仙子就着恼了。接下来，我们就换个话题，说一说杏花的其他意象。

其实杏花的典故相当多，上面所说的《西游记》中的杏仙，曾自咏一首诗道：

上盖留名汉武王，周时孔子立坛场。董仙爱我成林积，孙楚曾怜寒食香。

雨润红姿娇且嫩，烟蒸翠色显还藏。自知过熟微酸意，落处年年伴麦场。

这首诗其实算不上一流，也就“雨润红姿娇且嫩”一句还不错。不过，这首诗的前四句却提到了不少有关杏花的典故：

第一句是说汉武帝刘彻欲访蓬瀛仙山时，有人献给他山杏，后人称这种杏为“武帝杏”。

第二句当然是说孔子在杏坛讲学的故事。

第三句则是说三国时一位医仙名叫董奉，看病不要钱，只要求被治好的重病人为之种杏五株、轻病人种杏一株，因此门前杏树蔚然成林，现在的医院中还常挂“杏林春满”的匾额来宣扬医道高明、医德高深。

第四句是说晋朝孙楚在寒食这一天祭祀介子推时，曾用过杏酪。

另外，在古代的读书人中有一副传诵很广的对联：“何物动人，二月杏花八月桂；有谁催我，三更灯火五更鸡。”

大家都熟知“蟾宫折桂”是金榜高中的比喻之词，但中榜和杏花有什么关系呢？原来，旧时科举考试初级选拔的乡试是在八月，正是桂花飘香时节，而更高一级的礼部会试却在二月，是杏花开时。

唐代自中宗开始，凡登进士第者，先在杏园参加宴会，再到雁塔题名。故贺人及第的诗句往往少不了杏花出场，如赵嘏《喜张濆及第》：“春风贺喜无言语，排比花枝满杏园。”刘沧《及第后宴曲江》：“及第新春选胜游，杏园初宴曲江头。”中唐时的进士周匡物在《杏园宴》一诗中得意地说：“元和天子丙申年，三十三人同得仙。袍似烂银文似锦，相将白日上青天。”乐得都要蹦上天了，用现在时髦的话来说就是：“美了美了自己，稀薄空气哪里来的浮力，将我慢慢托起……”

唐人郑谷亦有诗《曲江红杏》云：

遮莫江头柳色遮，日浓莺睡一枝斜。女郎折得殷勤看，道是春风及第花。

有幸高中者，自然是“春风得意马蹄疾”，而不幸下第的那些书生们，笔下也会出现杏花，但这时的杏花却充满了失落之意，休提什么“春风及第花”了。张籍在《哭孟寂》一诗里这样写道：

曲江院里题名处，十九人中最少年。今日春光君不见，杏花零落寺门前。

明代著名才子唐伯虎，因科场舞弊案牵连而被革去功名，痛失金榜题名的资格。若干年后，他依然在诗中惆怅地写道：

桃叶参差谁问渡，杏花零落忆题名。

纪晓岚在《阅微草堂笔记》中记载，他的父亲姚安公（纪容舒，曾官至云南姚安知府，故被家人尊称为姚安公）读书时曾经折了一枝红杏养在瓶中，花落了，竟然还结了两个小杏，当时他就心中大悦，后来果然乡试中了举人。纪老爹欣喜之余，将自己的书斋命名为瑞杏轩。

正是因为杏花有着这样的喻义，古时很多文士都喜欢在用具上刻画“杏林春燕”这样的吉祥图案（“燕”与“宴”同音，及第登科者，天子会亲切接见赐宴）。书生学子们特别喜欢这个图案，图个吉利呗。就像现在有些炒股的，肉只吃牛肉，茶不敢喝绿茶，只喝红茶。大家在考试前不妨喝点杏仁露，既图个吉利，也算继承了“杏林春燕”的中华文化传统。

明　唐伯虎
杏花图

唐寅（1470—1524），字伯虎，后改字子畏，号六如居士、桃花庵主、鲁国唐生、逃禅仙吏等，南直隶苏州府吴县（今江苏苏州）人。

该画上有唐伯虎自题诗：“新霞蒸树晓光浓，岁岁年年二月中。香雪一庭春梦短，天涯人远意匆匆。吴郡唐寅。”透露着淡淡的失落之情。现藏台北故宫博物院。

清　邹一桂
杏花双燕轴

这幅画正是反映了“杏林春燕”的美好喻义。杏林春满，天子赐宴，这是旧时读书人的终极梦想，从此就跳过龙门，实现了阶层的跃迁，成为上流人物。现藏台北故宫博物院。

易得凋零，更多少无情风雨

杏花开时，正是盛行春风、常得春雨之时。戴叔伦有诗："苏溪亭上草漫漫，谁倚东风十二栏？燕子不归春事晚，一汀烟雨杏花寒。"杏花和桃花一样，都是匆匆开落，不免令人们的心头涌上一丝莫名的惆怅。杜牧曾道："暖风迟日柳初含，顾影看身又自惭。何事明朝独惆怅，杏花时节在江南。"

南宋诗人陈与义有一句"客子光阴诗卷里，杏花消息雨声中"，得到宋高宗赵构赞赏，竟因此被封为内相。而现在的人们恐怕对陈与义的那句"杏花疏影里，吹笛到天明"更熟悉。然而，不管是哪一联，读来都让人觉得伤感和落寞。

风流天子宋徽宗在被金人掳去途中，见到风雨中零落的杏花，感慨万千，肝肠欲断，写下著名的《燕山亭·北行见杏花》一词：

裁剪冰绡，轻叠数重，淡着燕脂匀注。新样靓妆，艳溢香融，羞杀蕊珠宫女。易得凋零，更多少无情风雨。愁苦！问院落凄凉，几番春暮。　凭寄离恨重重，这双燕，何曾会人言语？天遥地远，万水千山，知他故宫何处？怎不思量，除梦里有时曾去。无据，和梦也新来不做。

这"易得凋零，更多少无情风雨"，道出了春暮风雨中杏花的凄楚。正如唐人姚合所言："今日无言春雨后，似含冷涕谢东风。"

东风无力百花残，这也是无可奈何之事，好在"春去春回来，花谢花再开"，还是选北宋秦观所作的一首相对温馨些的词《画堂春·春情》为此文作结吧：

东风吹柳日初长，雨余芳草斜阳。杏花零落燕泥香，睡损红妆。　宝篆烟消鸾凤，画屏云锁潇湘。暮寒微透薄罗裳，无限思量。

五

梨花满地不开门

提起梨花，不少人的心中马上会涌上来这样一句："忽如一夜春风来，千树万树梨花开。"然而，岑参的这首诗并非真的在写梨花，而是写树枝上的雪挂。杜牧也有诗："淮阳多病偶求欢，客袖侵霜与烛盘。砌下梨花一堆雪，明年谁此凭阑干。"这里的"梨花一堆雪"，也是写的雪花，并非梨花。

不过，洁白如银的梨花确实很像那晶莹的雪花，梨花的素洁皎美真的和雪有一比，所以梨花就不像桃花、杏花那样"绯闻"多多了。

浑似姑射真人，天姿灵秀，意气殊高洁

李白有诗:“柳色黄金嫩,梨花白雪香。”林黛玉也有诗:“偷来梨蕊三分白。”洁白的梨花，在春花缤纷的时节是非常引人注目的，她的高洁身姿也令不少诗人墨客啧啧赞叹。中唐诗人钱起就在《梨花》一诗中“尊梨抑桃”：“艳静如笼月，香寒未逐风。桃花徒照地，终被笑妖红。”

宋　佚名
梨花鹦鹉图

图上梨花开放，雪白一片，一只鹦鹉立于枝头，似嗅梨花香气。钤印为：“醉于姜心。”现藏波士顿美术馆。

金庸先生的小说《倚天屠龙记》，开卷就先引了长春真人丘处机所写的一首词《无俗念·灵虚宫梨花词》：

春游浩荡，是年年、寒食梨花时节。白锦无纹香烂漫，玉树琼葩堆雪。静夜沉沉，浮光霭霭，冷浸溶溶月。人间天上，烂银霞照通彻。　浑似姑射真人，天姿灵秀，意气殊高洁。万化参差谁信道，不与群芳同列。浩气清英，仙材卓荦，下土难分别。瑶台归去，洞天方看清绝。

书中接着说：“这首词诵的似是梨花，其实词中真意却是赞誉一位身穿白衣的美貌少女，说她‘浑似姑射真人，天姿灵秀，意气殊高洁’，又说她‘浩气清英，仙才卓荦’‘不与群芳同列’。词中所颂这美女，乃古墓派传人小龙女。她一生爱穿白衣，当真如风拂玉树，雪裹琼苞，兼之生性清冷，实当得起‘冷浸溶溶月’的形容，以‘无俗念’三字赠之，可说十分贴切。长春子丘处机和她在终南山上比邻而居，当年一见，便写下这首词来。”

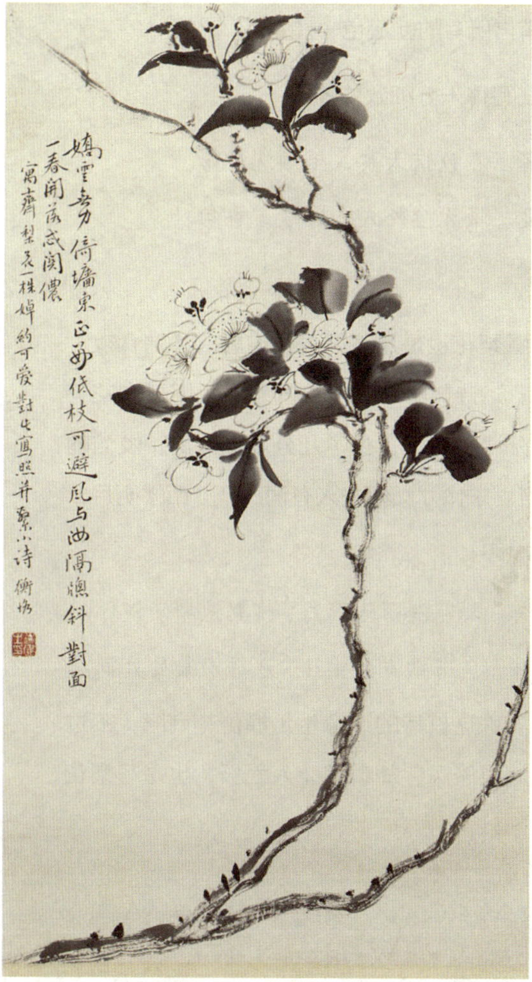

近代　陈师曾
梨花

陈师曾（1876—1923），原名衡恪，字师曾，号朽道人、槐堂，江西南昌义宁（今江西修水）人。著名美术家、艺术教育家。

此图纯用水墨描绘，画出了梨花洁白剔透、出尘脱俗的姿态。画面左侧自题道：“娇云无力倚墙东，正好低枝可避风。与汝隔窗斜对面，一春开落慰关侬。寓斋梨花一株，婥约可爱，对此写照，并系小诗。衡恪。”现藏故宫博物院。

历史上真有丘处机，这首词也是真实的。但金庸先生后面这段话却是小说家言了。依我看，丘处机真人此词就是单写梨花之皎洁不俗的，并无男女之情在其中。

说起来，梨花和姓丘的还真有些缘分。唐代诗人王维、丘为、皇甫冉三人曾一起写过《左掖梨花》一诗，其中丘为所写的被认为最好，被选入《千家诗》中：

冷艳全欺雪，余香乍入衣。春风且莫定，吹向玉阶飞。

依我看，这首诗之所以能胜过王维和皇甫冉的诗，正是因为写出了梨花高洁芳香的特色，相比之下，王维和皇甫冉所写的就逊色一些了[1]。

元好问的这首诗将梨花的洁白清高写得十分细致传神：

梨花如静女，寂寞出春暮。春色惜天真，玉颊洗风露。
素月淡相映，萧然见风度。恨无尘外人，为续雪香句。
孤芳忌太洁，莫遣凡卉妒。

正像赏梅最宜在明月之下一样，看梨花也是月下好。崔道融的《寒食夜》一诗道："满地梨花白，风吹碎月明。"诗句中有些冷冷的感觉，不过梨花开于暮春，春夜赏梨花，应该说多了几分温暖恬静，少了几分寂寥冷清。皎洁的月光和梨花的洁白相映成趣，妙不可言。宋代才女魏夫人有词曰："西楼明月，掩映梨花千树雪。"晏殊有《无题》一诗：

油壁香车不再逢，峡云无迹任西东。梨花院落溶溶月，柳絮池塘淡淡风。
几日寂寥伤酒后，一番萧瑟禁烟中。鱼书欲寄何由达，水远山长处处同。

宋人写诗往往脱不出唐诗窠臼，晏殊这首诗的诗意也是模仿李商隐，不过其中一联"梨花院落溶溶月，柳絮池塘淡淡风"却着实让人爱极，也是写梨花最好的诗句之一。

1　王维诗："闲洒阶边草，轻随箔外风。黄莺弄不足，衔入未央宫。"皇甫冉诗："巧解逢人笑，还能乱蝶飞。春时风入户，几片落朝衣。"

而贺铸所写的月下梨花就太凄惨了：“三更月，中庭恰照梨花雪。梨花雪。不胜凄断，杜鹃啼血。”读来让人有不忍之感。

让不少人心动的是宋人陈亮的这句词：“黄昏庭院柳啼鸦，记得那人，和月折梨花。”这位素艳绝尘的女子，和朦胧的月色一样，成为梦一般美好而难忘的记忆。这样的记忆，借用张爱玲小说里的一句话来说，“是要装在水晶瓶里双手捧着看的”。

清　邹一桂
梨花夜月图

此画画出了梨花映月的诗意之美。不过我觉得这幅图布叶生花甚是繁复，缺少了前述诗词中的寂静之美、孤清之感 。现藏台北故宫博物院。

梨花一枝春带雨

梨花落时正是暮春时分，所谓“雨横风狂三月暮”。温庭筠有诗：“寂寞游人寒食后，夜来风雨送梨花。”来鹄也道：“侵阶草色连朝雨，满地梨花昨夜风。”“三春过后诸芳尽”，春尽花残的时节到了，梨花也难逃过。

在不少古诗词中，梨花，尤其是雨中的梨花，像是满含凄凄惨惨的“泪水”，这“一朵梨花，院落阑干雨”，让多少人为之垂泪兴叹！

雨中的梨花看起来极似悲泣的佳人，正如才女朱淑真所道：“梨花细雨黄昏后，不是愁人也断肠。”就连辛弃疾这样的英雄人物，入眼后心中也平添了几分怜惜、几分惆怅：“梦回人远许多愁，只在梨花风雨处。”

白居易在《长恨歌》中形容杨贵妃的魂魄来和唐玄宗相见，他们已是阴阳相隔，杨贵妃的模样是：“风吹仙袂飘飖举，犹似霓裳羽衣舞。玉容寂寞泪阑干，梨花一枝春带雨。……”后来“梨花带雨”一词，就专门用来形容美女哭泣的样子。

苏东坡曾有词曰：“故将别语恼佳人，要看梨花枝上雨。”这两句诗就暴露了他不尊重疼爱美女的本性，他故意惹人家哭，为的是看看人家“梨花带雨”的样子。怪不得世人相传苏大胡子以春娘换马，以致春娘一头撞死。

周邦彦有一首《水龙吟》，专咏梨花，其中的“一枝在手，偏勾引、黄昏泪”之句最为点睛：

素肌应怯余寒，艳阳占立青芜地。樊川照日，灵关遮路，残红敛避。传火楼台，妒花风雨，长门深闭。亚帘栊半湿，一枝在手，偏勾引、黄昏泪。

别有风前月底，布繁英、满园歌吹。朱铅退尽，潘妃却酒，昭君乍起。雪浪翻空，粉裳缟夜，不成春意。恨玉容不见，琼英谩好，与何人比？

周邦彦喜欢作长调，他的词往好处说是“浑厚、典雅、缜密”，有“曲折回环、开阖动荡、抑扬顿挫之势”，但我觉得也有白居易那种太过啰嗦细致的毛病。例如这首词，我觉得如果少点什么“樊川照日，灵关遮路”“潘妃却酒，昭君乍起”

之类的典故，只保留“一枝在手，偏勾引、黄昏泪”这样的传神之句，会更让人读之难忘（当然了，那就不是长调了，也许是个人偏好，我对长调不太喜欢）。

因为梨花一身白色，白居易竟将之比喻成守寡的孀妇：“最似孀闺少年妇，白妆素袖碧纱裙。”通俗小说中常说：“要想俏，一身孝。”梨花就有种伤感的美丽。

唐刘方平有一首著名的《春怨》诗：“纱窗日落渐黄昏，金屋无人见泪痕。寂寞空庭春欲晚，梨花满地不开门。”和其同时代的唐人戴叔伦也有《春怨》一诗：“金鸭香消欲断魂，梨花春雨掩重门。欲知别后相思意，回看罗衣积泪痕。”这两首诗，不知是谁借鉴谁。后来秦观化用他们的句子，填入词中，就成为“雨打梨花深闭门”这一传世佳句。

后来又有南宋词人史达祖写了一首《玉楼春·赋梨花》，末句又化用了这一句，透出无尽的缱绻愁绪：

玉容寂寞谁为主？寒食心情愁几许？前身清澹似梅妆，遥夜依微留月住。香迷蝴蝶飞时路，雪在秋千来往处。黄昏着了素衣裳，深闭重门听夜雨。

到了清代，纳兰性德的《清平乐》中同样出现了黄昏中无限哀婉的梨花：

风鬟雨鬓，偏是来无准。倦倚玉阑看月晕，容易语低香近。　软风吹过窗纱，心期便隔天涯。从此伤春伤别，黄昏只对梨花。

元好问有《江城子》一词，其下阕道：“夕阳人影小楼间，曲阑干。晚风寒。料得而今，前后望归鞍。寂寞梨花枝上雨，人不见，与谁弹。”离别在即，想此后这位女子唯一可以做的事情，就是独立夕阳下，一直望到夜阑风寒，她脸上如梨花带雨一般的珠泪，无人看见，又向谁弹？

说来说去，梨花诗中写得好的，总是伤感类的。直到现代的流行歌曲中，梨花的意象还是那样哀怨，例如《梨花香》这首歌：

……梨花香，却让人心感伤。愁断肠，千杯酒解思量。莫相望，旧时人新模样，思望乡。时过境迁，故人难见。旧日黄昏，映照新颜。相思之苦谁又敢直言。为情伤，世间事皆无常。笑沧桑，万行泪化寒窗。勿彷徨，脱素

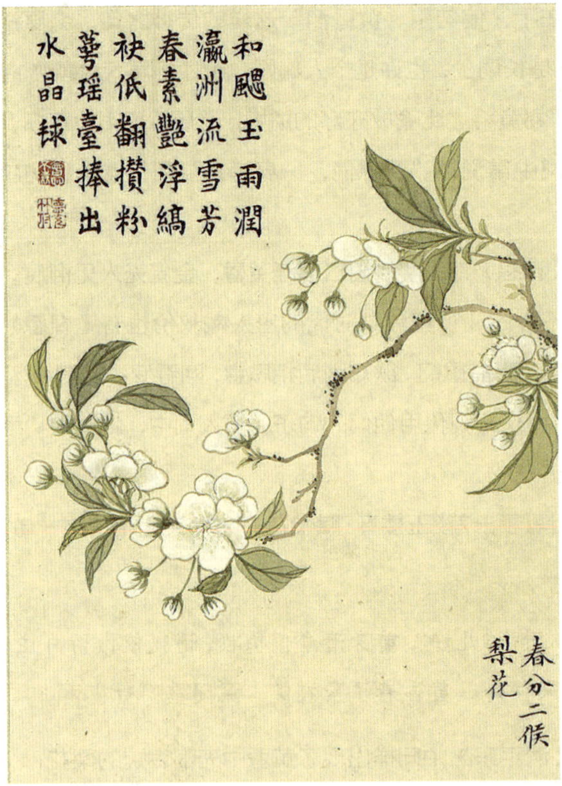

清　董诰
二十四番花信风图之梨花

画上题诗为："和颸玉雨润瀛洲，流雪芳春素艳浮。缟袂低翻攒粉萼，瑶台捧出水晶球。"现藏台北故宫博物院。

裹着春装，忆流芳。笑我太过痴狂，相思夜未央。独我孤芳自赏残香……

这首歌带了十足的中国古典意味，我们不妨将唐代韦庄的《清平乐》找出来参照看：

琐窗春暮，满地梨花香。君不归来晴又去，红泪散沾金缕。　梦魂飞断烟波，伤心不奈春何！空把金针独坐，鸳鸯愁绣双窠。

记得有一年，我曾路过一个地方，一路上梨花盛开，片片瓣瓣，随风洒落在水中。如今思之，宛若前尘。正是："一树梨花一溪月，不知今夜属何人？"

三月花令

SAN YUE HUA LING

杨花入水

海棠睡

丁香结

六

溶溶春水杨花梦

杨花，也称之为柳絮，她没有红艳馨香，也没有楚楚动人的花瓣。她是花吗？苏轼词中道：“似花还似非花，也无人惜从教坠。”有人说从植物学的角度看，轻舞飞扬的杨花并不是花，只是杨柳的种子。但古典诗词中，却都将之称为“杨花”。

明媚的春光中如果少了杨花，就像古画里没了题款印章一样，总觉得是少了点什么。晏殊的《踏莎行》写道：“小径红稀，芳郊绿遍。高台树色阴阴见。春风不解禁杨花，濛濛乱扑行人面。”这里面，如果少了“濛濛乱扑行人面”的杨花，就少了许多生气。

风起杨花愁杀人

杨柳别情依依，杨花飘浮无依，所以诗人们看到杨花，都不免添愁兴叹。中唐诗人李益有诗云：

汴水东流无限春，隋家宫阙已成尘。行人莫上长堤望，风起杨花愁杀人。

就连李白那样豪放洒脱的诗仙，笔下也是“溧阳酒楼三月春，杨花漠漠愁杀人”“愁看杨花飞，置酒正相宜”。给好友王昌龄寄“愁心”“明月”的那首诗，起句也是“杨花落尽子规啼，闻道龙标过五溪”……

北魏时的胡太后，一度把持朝纲，大权在握。然而，正值三十多岁青春年华的她，最难耐的是宫中寂寞，她爱上了名将杨大眼的儿子杨白花。杨白花英武俊朗，虽和胡太后有了几次枕席之欢，但心中始终觉得害怕。于是他带兵投奔了南方的梁朝，改名为杨华。

胡太后望着满天飞舞的杨花，思念不已，于是写下这首非常有名的《杨白花歌》，令宫女“昼夜连臂蹋歌之，声甚凄恻”：

阳春二三月，杨柳齐作花。春风一夜入闺闼，杨花飘荡落南家。含情出户脚无力，拾得杨花泪沾臆。秋去春还双燕子，愿衔杨花入窠里。

胡太后虽然在历史上臭名昭著，凶淫毒虐俱全，但毕竟也是一个女人，心中还残存着一缕柔情吧，所以大家并没有因人废文，对这首《杨白花歌》十分反感。

明代才女柳如是写了《杨白花》这首诗，似乎是追和了胡太后的《杨白花歌》：

杨花飞去泪沾臆，杨花飞来意还息。可怜杨柳花，忍思入南家。杨花去时心不难，南家结子何时还？杨白花，不恨飞士入闺闼，但恨杨花初拾时。不抱杨花凤巢里，却爱含情多结子。愿得有力知春风，杨花朝去暮复离。

柳如是姓“柳”，所以对于柳有着特殊的感情，常常以柳自喻，写了《金明池·寒柳》《杨柳二首》等诗词。在胡太后的那首诗中，“杨花”代指其情人杨华，但柳如是的这首词中却是说的自己了。她身在青楼，正如杨花一样无处可依，正是“飘泊亦如人命薄，空缱绻，说风流”。

柳如是在另一首《杨花》诗中也说：“杨柳杨花皆可恨，相思无奈雨丝丝。”困于风尘的女子找一个真爱，是何其难啊！宋辕文、陈子龙等多少她曾经爱过的人，最终还是不得和她成为眷属，正如她诗中所说：“但恨杨花初拾时，不抱杨花凤巢里。”长久，往往是一种奢望。

明　周臣
闲看儿童捉柳花句意图

周臣，生卒年不详，字舜卿，号东村，吴（今江苏苏州）人。善画山水人物，画法严整工细。

绘午后一大人观望三儿童捉柳花的场景。取自宋朝杨万里《闲居初夏午睡起》“日长睡起无情思，闲看儿童捉柳花”和唐朝白居易《杨柳枝》“谁能更学孩童戏，寻逐春风捉柳花”两首诗的诗意。现藏台北故宫博物院。

凌乱杨花扑绣帘

杨花飞时，春光正浓，正是良辰美景奈何天，女儿家的春心也往往萌动。

孟浩然有《赋得盈盈楼上女》一诗，写在杨花飞散的春日里，闺中女子想念远征的夫君：

夫婿久离别，青楼空望归。妆成卷帘坐，愁思懒缝衣。

燕子家家入，杨花处处飞。空床难独守，谁为报金徽。

孟浩然的这首诗有六朝诗风味，不是太温婉。我们再来看晚唐诗人张泌的《春晚谣》：

雨微微，烟霏霏，小庭半拆红蔷薇。钿筝斜倚画屏曲，零落几行金雁飞。

萧关梦断无寻处，万叠春波起南浦。凌乱杨花扑绣帘，晚窗时有流莺语。

这首《春晚谣》是典型的"花间词"风格：镂金错彩，有声有色。"红蔷薇""画屏""金雁"，无不给人以强烈的视觉刺激，而"钿筝""流莺语"则如同"背景音乐"。

林黛玉的《葬花吟》中写道："游丝软系飘春榭，落絮轻沾扑绣帘。"似借鉴了"凌乱杨花扑绣帘"一句。

南唐的词风继承了《花间集》的特点，我们看冯延巳的这首《菩萨蛮》中部分词句：

罗帏中夜起，霜月清如水。玉露不成圆，宝筝悲断弦。　娇鬟堆枕钗横凤，溶溶春水杨花梦。红烛泪阑干，翠屏烟浪寒。

这首词描写女儿家的心态，更为细腻生动，"溶溶春水杨花梦"一句也堪称妙语，情怀如溶溶春水，佳期却如杨花春梦一样飘飞难定，怎能不教她泪流阑干？

以上两首词，都出于男人的手笔，是男人拟女子的心态而写。真实的女子情怀是不是也如此呢？朱淑真的这首《即景》可以告诉我们答案：

竹摇清影罩幽窗，两两时禽噪夕阳。谢却海棠飞尽絮，困人天气日初长。

暮春之际，闺中的女儿们，心绪往往也像柳絮一样纷乱，尤其是怀人不可见、离人不可归的时候。正所谓“江南江北一般同，偏是离人恨重”！

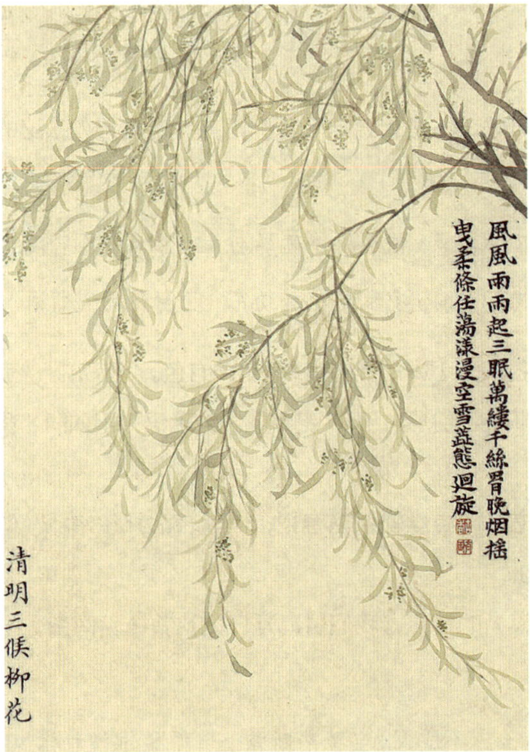

清　董诰
二十四番花信风图之杨花

画上题诗为：“风风雨雨起三眠，万缕千丝罥晚烟。摇曳柔条任荡漾，漫空雪芷态回旋。”现藏台北故宫博物院。

随风命似佳人薄

自古美女多愁，佳人薄命，旧时女子往往无法把握自己的命运。文天祥有诗道："山河破碎风飘絮，身世浮沉雨打萍。"中原板荡、天下大乱时，人人都无法掌握自己的命运。而身为旧时女子，什么时候都是"百年苦乐由他人"，一点安全感也没有。

不少诗人也把杨花和薄命佳人联系在一起。如宋人陈策的《满江红·杨花》就写得非常好，其中上阕写道：

倦绣人闲，恨春去、浅颦轻掠。章台路、雪粘飞燕，带芹穿幕。委地身如游子倦，随风命似佳人薄。叹此花、飞后更无花，情怀恶。

其中的"委地身如游子倦，随风命似佳人薄"一句，杨花一物两喻，既喻游子，又比佳人，凝聚其中的全是女儿家的愁思。

有道是"强中更有强中手"，周晋的这首《柳梢青·杨花》似乎更高一筹：

似雾中花，似风前雪，似雨余云。本自无情，点萍成缘，却又多情。
西湖南陌东城。甚管定、年年送春。薄幸东风，薄情游子，薄命佳人。

这"薄幸东风，薄情游子，薄命佳人"，三个"薄"字犹如连环三掌，劈在我们的心上，何等有力！

如今人们常把轻浮放浪的女人称为"水性杨花"，其实男人们才更像"杨花"呢！看周晋词中，"本自无情，点萍成缘，却又多情"，多像那些逢场作戏、骗情骗色的男人啊！

唐代才女薛涛，被全唐第一薄幸男元稹骗过一段感情。当元稹最终离她而去后，她惆怅地写道：

二月杨花轻复微，春风摇荡惹人衣。他家本是无情物，一任南飞又北飞。

这里杨花又成了薄幸男子的形象。古典诗词中的比喻就是如此灵活，杨花可以喻情，可以喻人，可以喻薄命佳人，也能喻薄幸男子。

唯有杨花独爱风

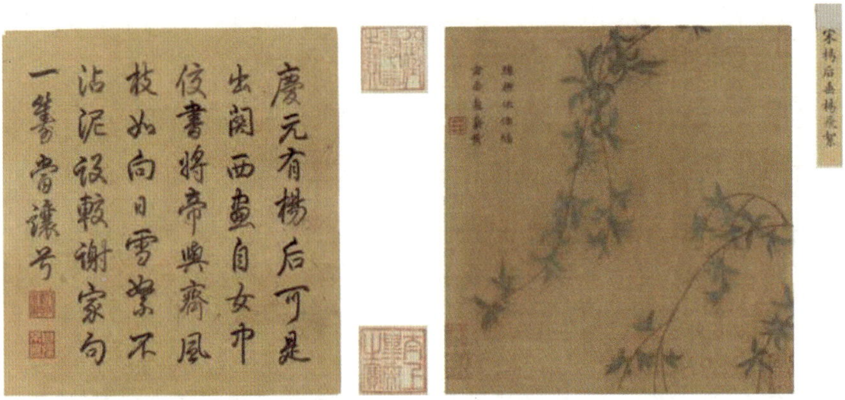

南宋　杨皇后
垂柳飞絮图

杨皇后（1162—1232），原名杨桂枝，严州遂安（今浙江杭州淳安）人，故保义郎、累赠太师、尚书令、追封齐王杨渐之女，宋宁宗赵扩的第二任皇后，为宁宗生育两个儿子。

也许是因为杨皇后自己姓杨，她对于杨花特别钟情。此画左侧是最喜欢在名家书画上乱题字的乾隆皇帝所题歪诗一首："庆元有杨后，可是出关西。画自女中佼，书将帝与齐。风枝如向日，雪絮不沾泥。设较谢家句，一筹当让兮。"现藏故宫博物院。

杨花，虽然看起来不像花，但烂漫的春光里，她却"当仁不让"地挤占了一席之地。韩愈有诗："草木知春不久归，百般红紫斗芳菲。杨花榆荚无才思，惟解漫天作雪飞。"到了林妹妹笔下，又成了"柳丝榆荚自芳菲，不管桃飘与李飞"。杨花挺有个性的，不少诗人都喜欢她这一点。

在我这里，奇花异卉没有多少，杨花倒是每年春天满天飞，经常飞得到处都是。有人就挺讨厌杨花的，可是，我对她并不反感。古时的诗人也有不少喜欢杨花的。中唐诗人熊孺登有《春郊醉中赠章八元》一诗，说：

三月踏青能几日，百回添酒莫辞频。看君倒卧杨花里，始觉春光为醉人。

诗中对杨花充满了喜爱之情。诗僧齐己也说："咏吟何洁白，根本属风流。向日还轻举，因风更自由。"杨巨源说："东园桃李芳已歇，独有杨花娇暮春。"

暮春之时，春将尽，花将残，而杨花却像个无愁无虑的野性少女，放纵地四处飘舞，根本不管春光的来去。

晚唐诗人吴融有诗：

不斗秾华不占红，自飞晴野雪濛濛。百花长恨风吹落，唯有杨花独爱风。

百花怕风吹落，杨花却爱风能送她高飞。这让我们想起《红楼梦》第七十回中，众女儿结社咏絮时，宝姐姐嫌众人写得“过于丧败”，因此她写了一首与众不同的词《临江仙》：

白玉堂前春解舞，东风卷得均匀。蜂围蝶阵乱纷纷，几曾随逝水，岂必委芳尘。　万缕千丝终不改，任他随聚随分，韶华休笑本无根。好风凭借力，送我上青云。

“好风凭借力，送我上青云”，把杨花的风采写得太骀荡夭矫了，杨花如果有知，肯定会爱死宝姐姐了。

当然了，讲到杨花，我们也不能不提三位大才子借杨花词一比才气的故事：北宋时，一个叫章楶（字质夫）的文士首先写了《水龙吟・杨花》一词：

燕忙莺懒芳残，正堤上杨花飘坠。轻飞乱舞，点画青林，全无才思。闲趁游丝，静临深院，日长门闭。傍珠帘散漫，垂垂欲下，依前被风扶起。
兰帐玉人睡觉，怪春衣雪沾琼缀。绣床渐满，香球无数，才圆却碎。时见蜂儿，仰粘轻粉，鱼吞池水。望章台路杳，金鞍游荡，有盈盈泪。

苏东坡看到后，技痒难忍，于是有了这首著名的《水龙吟・次韵章质夫杨花词》：

似花还似非花，也无人惜从教坠。抛家傍路，思量却是，无情有思。萦损柔肠，困酣娇眼，欲开还闭。梦随风万里，寻郎去处，又还被莺呼起。
不恨此花飞尽，恨西园、落红难缀。晓来雨过，遗踪何在，一池萍碎。春色三分，二分尘土，一分流水。细看来，不是杨花点点，是离人泪。

唐人往往是和诗不和韵，而喜欢对格律“高标准、严要求”的宋人，则往往和诗也和韵。我们看这首词，东坡就不但所有韵脚都是章质夫的原韵，而且连顺序都一模一样。即便如此，整首词却流畅自如，丝毫没有生硬的感觉。正像王国维先生在《人间词话》中所说："东坡《水龙吟》咏杨花，和韵而似原唱，章质夫词，原唱而似和韵，才之不可强也如是！"

当然，也有部分人为章质夫说好话。像宋人魏庆之就说："余以为质夫词中所谓'傍珠帘散漫，垂垂欲下，依前被风扶起'，亦可谓曲尽杨花妙处，东坡所和虽高，恐未能及。"

平心而论，章质夫的那首词是不错，但和苏东坡这样一位千古罕见的高手所作比，还是相形见绌了（详细比较可参见 2003 年上海辞书出版社出版的《宋词鉴赏辞典》，此处不再赘述）。如果把章质夫比作一位业余强豪，那苏东坡就是超一流的职业棋手，两人不在一个段位上。宋人晁叔用就说："东坡如王嫱、西施，净洗脚面，与天下妇人斗好，质夫岂可比哉！"意思是说，苏东坡的才学正像四大美人中的王昭君、西施一样，那是几百年都难得出一个的，她们如果打扮起来参加选美，一般人哪里有法比？

然而，虽有苏东坡这样的大牌人物在先，王国维先生却也一时技痒，作了一首《水龙吟·杨花》，追和了二人的词作：

开时不与人看，如何一霎蒙蒙坠。日长无绪，回廊小立，迷离情思。细雨池塘，斜阳院落，重门深闭。正参差欲住，轻衫掠处，又特地因风起。
花事阑珊到汝，更休寻满枝琼缀。算人只合，人间哀乐，者般零碎。一样飘零，宁为尘土，勿随流水。怕盈盈，一片春江，都贮得，离人泪。

有一些人对王国维先生的这首词有所非议，但依我看，虽然未必胜得了东坡，但相较章质夫的词，也在伯仲之间。像"宁为尘土，勿随流水。怕盈盈，一片春江，都贮得，离人泪"，放在宋词集中，也是非常不错的。自王国维先生去后，能写出这等词来的，也可以说是难得一见了。

王安石在《暮春》诗中说："杨花独得东风意，相逐晴空去不归。"轻盈如梦的杨花也像我们生命中的诸多美好回忆一样，短短的几天后，就远去不归了。欲待重寻，只有梦里："梦魂惯得无拘检，又踏杨花过谢桥。"

七

睡雨海棠犹倚醉

海棠花开时尽态极妍，有娇媚不胜情之态，正如柳永所说："东风催露千娇面，欲绽红深开处浅。日高梳洗甚时忺，点滴燕脂匀未遍。"百花之中，牡丹、梅花风头太盛，诚不可与之争锋。但论到妩媚可喜，海棠又何惭于桃花、杏花、芍药之辈？

陆游在《海棠歌》中曾写道："蜀姬艳妆肯让人？花前顿觉无颜色。扁舟东下八千里，桃李真成仆奴尔。若使海棠根可移，扬州芍药应羞死。"这里就将海棠高抬到桃李、芍药之上。

人们经常把玉兰、海棠、牡丹、桂花等画在一起，图个"玉（玉兰）堂（海棠）富贵（牡丹、桂花）"的吉庆。

风软蝶衣乱，海棠春睡迟

提起海棠，我们想必忘不了苏轼那首著名的咏海棠诗：

东风袅袅泛崇光，香雾空蒙月转廊。只恐夜深花睡去，故烧高烛照红妆。

这首诗在意境上有所借鉴，之前白居易就有诗说："惆怅阶前红牡丹，晚来唯有两枝残。明朝风起应吹尽，夜惜衰红把火看。"然而，平心而论，白居易的这首诗里，"残"啦、"衰红"啦之类的句子，透着十足的霉气，远不如苏东坡的海棠诗余韵袅袅、情意融融。

南宋　林椿
写生海棠图

林椿，生卒年不详，钱塘（今浙江杭州）人。孝宗淳熙年间曾为画院待诏。绘画师法赵昌，工画花鸟、草虫、果品，被赞"极写生之妙，莺飞欲起，宛然欲活"。

图上画海棠一枝，设色以白粉为底，罩以胭脂，娇柔可人。现藏台北故宫博物院。

说起海棠来，往往和“春睡”连在一起，海棠仿佛是个贪睡的美人。后来人们描写美女睡觉时，就用“棠睡”一词。如清人李宝嘉在《官场现形记》中写道：“此时冒小姐棠睡初醒，花容愈媚。”

海棠给人以这样的意象，可能是因为海棠花欲开还羞的娇柔之态。宋代诗僧惠洪的《冷斋夜话》载：

唐明皇登沉香亭，召太真，妃于时卯醉未醒，命高力士使侍儿扶掖而至。妃子醉颜残妆，鬓乱钗横，不能再拜。明皇笑曰：“岂妃子醉，直海棠睡未足耳！”

这“海棠春睡”和“贵妃醉酒”就成了广为流传的典故。后人写海棠时，往往就脱不开“睡”“妃”二字。例如宋代词人葛长庚写的《柳梢青·海棠》一词：

一夜清寒，千红晓粲，春不曾知。细看如何，醉时西子，睡底杨妃。尽皆蜀种垂丝，晴日暖、熏成锦围。说与东风，也须爱惜，且莫吹飞。

“醉时西子，睡底杨妃”将海棠形容得极为妩媚动人。葛长庚即前文所说的道士白玉蟾，正如《白雨斋词话》中评价的那样，“葛长庚词，一片热肠，不作闲散语，转见其高”。他不像其他道士，如唐代吴筠等满口“姹女”“丹铅”，而是充满了人情味。从这首词可以看出，他虽是方外之人，但依然存有惜花心性。

葛长庚的这首词是有所模仿的，它的原本似乎是早他二十多年的南宋词人曾觌的《柳梢青·海棠》一词：

雨过风微，温泉浴倦，妃子妆迟。翠袖牵云，朱唇得酒，脸晕胭脂。年年海燕新归，怎奈向、黄昏恁时。倚遍琼干，烧残银烛，花又争知。

这两首词的词牌相同，韵脚也是同韵，葛词似乎是追和之作。曾觌词中的“温泉浴倦，妃子妆迟。翠袖牵云，朱唇得酒，脸晕胭脂”等句，将海棠的慵懒娇羞之态写得惟妙惟肖、细腻传神，也很出色。

风流才子唐伯虎有一首《妒花歌》：

昨夜海棠初着雨，数朵轻盈娇欲语。佳人晓起出兰房，折来对镜比红妆。

南宋　佚名
海棠蛱蝶图

图上绘阳春三月，蛱蝶翩翩起舞，飞向海棠花枝间的情景。海棠在浩荡的春风中有花枝招展之态，颇具动感，充分展现了海棠花的妩媚之姿，具备宋画的典雅特色。

问郎花好奴颜好，郎道不如花窈窕。佳人见语发娇嗔，不信死花胜活人。将花揉碎掷郎前，请郎今夜伴花眠。

诗中佳人的郎君说花比人娇，应该是故意打趣来着，但也反映出海棠花确实娇媚喜人，所以才值得“折来对镜比红妆”嘛。相传唐寅还曾画过一幅《海棠美人图》，图画似已失传，而题诗尚存。《题海棠美人》诗云：“褪尽东风满面妆，可怜蝶粉与蜂狂。自今意思谁能说，一片春心付海棠。”

《红楼梦》第五回写贾宝玉来到秦可卿的卧房中，见到唐伯虎的《海棠春睡图》（大概就是《海棠美人图》），并有“嫩寒锁梦因春冷”之句，是以海棠来烘托秦可卿的性感妩媚。

京剧《游龙戏凤》里有这样一段唱词：“好人家来歹人家，不该斜插海棠花。扭扭捏捏多俊雅，风流就在这朵海棠花。”剧中正德皇帝以李凤姐头上插了一朵海棠花为由加以调戏，看来这海棠花确实有风流魅惑的意味。

明　陆治
海棠玉兰图

陆治（1496—1576），字叔平，因居包山，自号包山，吴县（今江苏苏州）人。

此画突出了“玉堂富贵”这一主题，所谓的“斗大黄金印，天高白玉堂”，都是人们升官发财的终极梦想。现藏台北故宫博物院。

莫恨无香，最怜有韵，天然情致

海棠到底有香无香，此事乃是文人学士们口中的一段“公案”，自来众说纷纭。《广群芳谱》上说，晋代著名富豪石崇曾对着海棠花叹道：“汝若有香，当以金屋贮汝！”而张爱玲在《红楼梦魇》一书中提到：“有人说过‘三大恨事’是‘一恨鲥鱼多刺，二恨海棠无香’，第三件不记得了，也许因为我下意识地觉得应当是‘三恨红楼梦未完’。”张爱玲当时没有百度之类的搜索引擎，当然记不全了。过去有俗话说：“好脑子不如烂笔头。”现在来看，比之“烂笔头”，百度和网络的力量更是强大。其实，这句话的出处是《冷斋夜话》，说的是人生五恨，并非三恨，原文是：

吾叔渊材曰：“平生死无所恨，所恨者五事耳。”人问其故，渊材敛目不言，久之曰：“吾论不入时听，恐汝曹轻易之。”问者力请说，乃答曰：“第一恨鲥鱼多骨，二恨金橘太酸，三恨莼菜性冷，四恨海棠无香，五恨曾子固（曾巩）不能作诗。”闻者大笑，而渊材瞠目答曰：“诸子果轻易吾论也。”

这里的渊材是指北宋时的怪才彭几，他是个犹如老顽童一般的滑稽人物，留下诸如“仙鹤下蛋”之类的笑话多多，这是其中之一。但海棠有色无香，对爱花成痴之人来说，的确是一件憾事。

相比之下，南宋词人刘克庄倒还看得开，他在《满江红》一词中写道：

压倒群芳，天赋与、十分秾艳。娇嫩处、有情皆惜，无香何慊。恰则才如针粟大，忽然谁把胭脂染。放迟开、不肯婿梅花，羞寒俭。　时易过，春难占。欢事薄，才情欠。觉芳心欲诉，冶容微敛。四畔人来攀折去，一番雨有离披渐。更那堪几阵夜来风，吹千点。

“娇嫩处，有情皆惜，无香何慊”，刘克庄倒是并不在乎海棠有没有香气。也是，“事若求全何所乐”，天地尚有残缺，何况海棠？宋人方岳同样持“莫恨无香，最怜有韵，天然情致”的态度。

清　董诰
二十四番花信风图之海棠

画上题诗为："临风濯锦艳三春，袅娜香肌丰韵新。漫拟太真亭北立，画图省识效轻嚬。"现藏台北故宫博物院。

清代杂家李渔则很是愤愤不平，在《闲情偶寄》中撸起袖子，对"海棠无香说"口诛笔伐。他先是说，大家都拿海棠无香来说事，那百花中不香的也不只海棠一种，为什么不说别的？是不是看海棠太娇艳了，嫉妒人家？而且他觉得海棠并非不香，而是因为她的姿色太妩媚，显得香气不够同样出色罢了。

李渔又举例子说，人们都知道王羲之是书圣，吴道子是画圣，难道他们除了写字画画，别的就不擅长吗？苏东坡号称不擅长棋酒，难道就对围棋一窍不通，滴酒不沾吗？都不见得，只不过他们做这些事没有最拿手的本领那样过硬罢了。

接着李渔又搬出唐人郑谷的诗来作证："则蜂蝶过门而不入矣，何以郑谷《咏海棠》诗云'朝醉暮吟看不足，羡他蝴蝶宿深枝'？有香无香，当以蝶之去留为证。"花香不香这方面，人家蝴蝶才是"权威人士"。

看李渔激动得胡子乱颤的样子，我们也不用再较真了，看来李渔对于海棠确实爱之极矣。

顺便说一下，海棠有西府海棠、垂丝海棠、木瓜海棠和贴梗海棠等诸多品种（按植物学分类，它们同科不同属），一般的海棠花没有香味，而西府海棠却既香且艳，是海棠中的上品。

东风吹绽海棠开，香麝满楼台

海棠花娇柔可爱，自然也是诗人笔下的常客。然而，自来诗坛就有这样一个传说：杜甫一生虽写诗许多，却唯独没有写过海棠。于是宋人王禹偁就在《诗话》中猜测杜甫生母闺名海棠，为了避讳，不便题咏。

这种说法在宋人中广为流传，大有“谎言重复千遍就是真理”之势，像王安石就写“少陵为尔牵诗兴，可是无心赋海棠”，苏轼也说“恰似西川杜工部，海棠虽好不题诗”，郭稹更是把海棠带雨想象成她是因为杜甫没有写诗而伤感：“应为无诗怨工部，至今含露作啼妆。”大才女朱淑真也有诗写海棠：

胭脂为脸玉为肌，未趁春风二月期。曾比温泉妃子睡，不吟西蜀杜陵诗。
桃羞艳冶愁回首，柳妒妖娆只皱眉。燕子欲归寒食近，黄昏庭院雨丝丝。

这句“不吟西蜀杜陵诗”，也是受了王禹偁的误导。

其实在盛唐之时，人们还不是特别喜欢海棠，本书中一直强调，盛唐人和宋人的审美是有差异的。像李白、韩愈、柳宗元、元稹、白居易等盛唐中唐诗人都没有写过海棠，总不见得这些人母亲的闺名统统叫“海棠”吧？所以老杜没写海棠，丝毫不足为奇。

之所以有这样的传说，是因为：其一，宋人“粉”老杜；其二，宋人“粉”海棠。所以宋人就觉得老杜没写海棠诗，是个很大的遗憾。陆游就任谁说也不信，非得认定老杜肯定写了海棠诗，只是佚失了罢了。他说：“老杜不应无海棠诗，意其失传耳。”

唐人喜欢牡丹，宋人喜欢梅花，也喜欢海棠。宋代沈立在其所撰《海棠记》的序中道：“尝闻真宗皇帝御制后苑杂花十题，以海棠为首章，赐近臣唱和，则知海棠足与牡丹抗衡而独步于西州矣。”经过宋真宗的亲自倡导，海棠的地位扶摇直上，大有和牡丹争胜之势。北宋末年的文士京镗曾有《洞仙歌·次王漕邀赏海棠韵》一词，其下阕就直接向牡丹叫板：

妖娆真绝艳，尽是天然，莫恨无香欠檀口。幸今年风雨，不苦摧残，还肯为、游人再三留否。算魏紫姚黄号花王，若定价收名、未应居右。

宋人陈思也把海棠提到和牡丹、梅花并肩而论的地位："世之花卉，种类不一，或以色而艳，或以香而妍，是皆钟天地之秀，为人所羡也。梅花占于春前，牡丹殿于春后，骚人墨客特注意焉，独海棠一种，风姿艳固不在二花下。"

其实还没入宋，到晚唐时节，海棠诗就非常多了。像吴融诗中夸"云绽霞铺锦水头，占春颜色最风流"，郑谷诗中赞"秾丽最宜新着雨，娇娆全在欲开时"，尤其值得向大家介绍的是晚唐韩偓《香奁集》中的《懒起》这首诗：

昨夜三更雨，今朝一阵寒。海棠花在否，侧卧卷帘看。

读罢这首诗，我们恐怕就会想到李清照那首有名的《如梦令》："昨夜雨疏风骤，浓睡不消残酒。试问卷帘人，却道海棠依旧。知否，知否？应是绿肥红瘦！"这首词的意境，其实全都来自韩偓的这首海棠诗，只不过易安写得更细腻生动罢了。

五代时有个叫刘兼的人，虽然名气不大，但这首海棠诗却写得端丽典雅：

淡淡微红色不深，依依偏得似春心。烟轻虢国颦歌黛，露重长门敛泪衿。

低傍绣帘人易折，密藏香蕊蝶难寻。良宵更有多情处，月下芬芳伴醉吟。

到了明清之时，人们更倾向于素雅的东西。于是白海棠时来运转，格外受尊重。娇喘微微，一身是病，在雕花的紫檀书案上一边以泪研墨赋诗说愁，一边对着白海棠吐血，这似乎是典型的多愁才女的形象。

所以在《红楼梦》中，十二金钗们题咏的就是白海棠，书中那六首白海棠诗都相当不错，其中评宝钗所作的为最佳：

珍重芳姿昼掩门，自携手瓮灌苔盆。胭脂洗出秋阶影，冰雪招来露砌魂。

淡极始知花更艳，愁多焉得玉无痕。欲偿白帝宜清洁，不语婷婷日又昏。

也许是我浑身上下没半根雅骨，我总觉得海棠最大的优点，就在于那红中有白、白中泛红犹如少女脸颊的娇色。吴潜有词形容得真好："非粉饰，肌肤细。

清 佚名
海棠白头图

图上绘蓝色湖石一块，海棠上下各一枝。枝上花朵或绽放，或含苞待放，两只白头翁相向而望，相亲相爱。上题："且喜和风被幽院，白头相押海棠春。"

非涂泽，胭脂腻。恐人间天上，少其伦尔。西子颦收初雨后，太真浴罢微暄里。……"把海棠的娇润红艳写得太绝了。

相比于号称"淡极始知花更艳"的白海棠，"着雨胭脂点点消，半开时节最妖娆”的红海棠更令我心动。我非常赞同王象晋《二如堂群芳谱》里的这段话："望之绰约如处女，非若他花冶容不正者可比。盖色之美者，惟海棠，视之如浅绛外，英英数点，如深胭脂，此诗家所以难为状也。”

海棠花又有“女儿花”之称，《红楼梦》中贾宝玉所居怡红院中就种有此花，书中对此有过细致描写：

一入门，两边都是游廊相接。院中点衬几块山石，一边种着数本芭蕉，那一边乃是一棵西府海棠，其势若伞，丝垂翠缕，葩吐丹砂。众人赞道：“好花，好花！从来也见过许多海棠，那里有这样妙的。”贾政道：“这叫作‘女儿棠’，乃是外国之种。俗传系出‘女儿国’中，云彼国此种最盛，亦荒唐不经之说罢了。”

众人笑道：“然虽不经，如何此名传久了？"宝玉道：“大约骚人咏士，以此花之色红晕若施脂，轻弱似扶病，大近乎闺阁风度，所以以‘女儿’命名。想因被世间俗恶听了，他便以野史纂入为证，以俗传俗，以讹传讹，都认真了。”

我觉得对于海棠来说，最为吸引人的就是她“睡犹未足，嫣然何笑”的女儿之态。如果一味板起脸来以“《春秋》责备贤者之法”斥之“有色而无香”，未免就太过迂腐了。

娇媚的颜色、娇媚的青春，是生命给予的美丽。尽管有时候这种美丽换不来怜爱，只能换来寂寞和惆怅：

迟迟春日弄轻柔，花径暗香流。清明过了，不堪回首，云锁朱楼。　午窗睡起莺声巧，何处唤春愁？绿杨影里，海棠枝畔，红杏梢头。

（朱淑真《眼儿媚》）

八

丁香空结雨中愁

丁香花，在古诗词中也是经常出现的。当然，我们不少人看到丁香这两个字，都不免想起戴望舒那首著名的现代诗《雨巷》："撑着油纸伞，独自／彷徨在悠长、悠长／又寂寥的雨巷／我希望逢着／一个丁香一样的／结着愁怨的姑娘／她是有／丁香一样的颜色／丁香一样的芬芳／丁香一样的忧愁／在雨中哀怨／哀怨又彷徨……"

这首诗也是充分吸取了古典诗词中的元素而来的，其中的意境早在南唐中主李璟的《摊破浣溪沙》一词中就出现了：

手卷真珠上玉钩，依前春恨锁重楼。风里落花谁是主？思悠悠！

青鸟不传云外信，丁香空结雨中愁。回首绿波三楚暮，接天流。

这句"丁香空结雨中愁"，如果摊开了，勾兑一下，大概就能成为《雨巷》的主弦。

芭蕉不展丁香结

丁香名字的由来，是花筒细长如钉，而且有浓郁的香气。古诗中常提到的丁香结又是怎么回事呢？我们用宗璞女士的文章《丁香结》中的一段文字给大家解释一下：

只是赏过这么多年的丁香，却一直不解，何以古人发明了丁香结的说法。今年一次春雨，久立窗前，望着斜伸过来的丁香枝条上一柄花蕾。小小的花苞圆圆的，鼓鼓的，恰如衣襟上的盘花扣。我才恍然，果然是丁香结。

丁香结，这三个字给人许多想象。再联想到那些诗句，真觉得它们负担着解不开的愁怨了。每个人一辈子都有许多不顺心的事，一件完了一件又来。所以丁香结年年都有……

在诗轴画卷中，丁香仿佛就是那些愁肠百结、为情所困的幽怨女子，所以丁香的形象更多地出现在晚唐诗和宋词中，如果在初唐和盛唐时找就比较难。虽然宋之问很早就懂得把丁香（即鸡舌香）含在嘴里治疗口臭（宋之问想当武则天的男宠，但女皇嫌他有口臭），却没有写过丁香诗。初唐、盛唐的诗人，往往写云天万里、铁甲黄沙之类的大气象，缺少缠绵的小资情调，所以丁香这时候并非主角。当然，如果非要找的话，也不是没有。例如杜甫的这首《丁香》诗：

丁香体柔弱，乱结枝犹垫。细叶带浮毛，疏花披素艳。

深栽小斋后，庶近幽人占。晚堕兰麝中，休怀粉身念。

此诗味道高古，还是属于以香花美人喻节操道德之类的风格。这类诗，好似一个板着脸讲《弟子规》的老先生，对于我们来说，有了距离感。

晚唐陆龟蒙的这首《丁香》诗就随和了很多：

江上悠悠人不问，十年云外醉中身。殷勤解却丁香结，纵放繁枝散诞春。

这首诗虽出于晚唐，但不失盛唐情怀，"江上""云外"，意境殊为豪阔，整首诗潇洒磊落，相当不错。但丁香的幽怨形象却没有体现。

看了李商隐的这首诗，丁香的"情结"就扣在了我们的心上：

明　孙克弘
百花图之紫丁香（局部）

孙克弘（1532—1611），一作克宏，字允执，号雪居，松江（今属上海市）人。明书画家、藏书家。

画上题诗为："浓香折麝腰，细叶秀鹤顶。东风故飘荡，熏人醉不醒。"现藏故宫博物院。

楼上黄昏欲望休，玉梯横绝月如钩。芭蕉不展丁香结，同向春风各自愁。

诗中的芭蕉和丁香象征着一对想爱又不能爱的男女，蕉心不展，丁香缄结，他们的情愫想吐露却不能吐露，只好默默地在春风中惆怅。无奈春宵，清风好月虚设，这一切，都托于百结丁香中了。

李商隐的这首诗深为多情人喜爱，后人的诗词中也反复引用。据《能改斋漫录》卷十六记载，北宋词人贺铸曾和一女子相恋，分别后，这个女子思念之情甚切，于是写了《寄贺方回》一诗："独倚危阑泪满襟，小园春色懒追寻。深恩纵似丁香结，难展芭蕉一寸心。"

贺铸收到情人的诗，感动之余（贺铸人称贺鬼头，脸色乌青，竟有美女如此喜欢，哪能不感动？），写下《石州引》一词：

薄雨收寒，斜照弄晴，春意空阔。长亭柳色才黄，远客一枝先折。烟横水际，映带几点归鸿，东风销尽龙沙雪。犹记出关来，恰如今时节。　将发。画楼芳酒，红泪清歌，顿成轻别。回首经年，杳杳音尘都绝。欲知方寸，共有几许新愁？芭蕉不展丁香结。枉望断天涯，两厌厌风月。

他们所唱和的诗中，都直接引用或化用了李商隐的名句"芭蕉不展丁香结"。那些愁思郁结、无力穿越重重障碍的苦情人，他们的心结正像丁香花结一样，"任是春风吹不展"。所以，丁香，一名百结花，又名情客。

丁香花发一低徊

丁香花的身上总是带着深深幽怨，正如韦骧词中所说：“冷艳幽香奇绝，粉金裁雪。无端又欲恨春风，恨不解、千千结。”

有关丁香花的故事，也都十分令人伤感。有这样一个民间故事，相传古时有一书生赶考，投宿在一家小店。店主女儿和书生一见钟情，二人月下盟誓，两心相倾。这个姑娘也是冰雪聪明，她和书生对对子为乐。书生说出了一个巧联：“氷冷酒，一点，二点，三点。”姑娘正要开口说出下联，她的父亲突然来到，棒打鸳鸯，将二人生生拆散。姑娘不久郁郁而死。

后来，姑娘的坟头上竟然长满了丁香树，书生每日都上山看丁香，突然悟出这丁香花就是姑娘念念不忘要对的下联。书生当时出的上联是“氷冷酒，一点，两点，三点”，而姑娘坟前开的丁香花就隐喻了下联——“丁香花，百头，千头，万头。”

这段故事读来令人好生伤感。就连现在流行的那首《丁香花》，相传背后也有个生离死别的伤感故事，听来声声如泣如诉：

你说你最爱丁香花，因为你的名字就是它，多么忧郁的花，多愁善感的人啊。当花儿枯萎的时候，当画面定格的时候，多么娇嫩的花，却躲不过风吹雨打。飘啊摇啊的一生，多少美丽编织的梦啊，就这样匆匆你走了，留给我一生牵挂。那坟前开满鲜花，是你多么渴望的美啊，你看啊漫山遍野，你还觉得孤单吗？你听啊有人在唱，那首你最爱的歌谣啊，这尘世间多少繁芜，从此不必再牵挂。院子里栽满丁香花，开满紫色美丽的鲜花，我在这里陪着她，一生一世保护她。

提起丁香花，也不得不提晚清时著名的“丁香花疑案”，这其中同样包含了一个悲情故事。故事的男女主角是晚清著名诗人龚自珍和一代才女顾太清。顾太清，名春，嫁给了乾隆第五子永琪之孙，也就是贝勒奕绘为侧福晋。她是

清　蒋廷锡
紫丁香图

蒋廷锡(1669—1732),字酉君、扬孙,号南沙、西谷,又号青桐居士,江苏常熟人。曾官至太子太傅,他还能诗善画,曾画塞外花卉七十种,此图就是写生册中的一页。现藏台北故宫博物院。

晚清著名才女，有“八旗论词，男中成容若（纳兰容若），女中太清春”之说。

在奕绘死后，龚自珍经常出入贝勒府，和顾太清传出绯闻，并传出这样一首“忆宣武门内太平湖之丁香花”的《己亥杂诗》：

空山徙倚倦游身，梦见城西阆苑春。一骑传笺朱邸晚，临风递与缟衣人。

这太平湖畔距贝勒府不远，有一片茂密的丁香林，龚自珍常流连其间，大概是醉翁之意不在酒。诗中提到的“缟衣人”是谁呢？人们一想就想到顾太清，因为她住在“朱邸”（贝勒府）中，常着一身白衣裙，她与龚自珍是诗友，龚写的这首“情诗”不是给她，是给谁呢？

清朝时人对于男女大防，是变态般严谨，而且对于男女关系方面的事情，也传得非常快，人们想象得越来越离谱。正如鲁迅所言：“一见短袖子，立刻想到白臂膊，立刻想到全裸体，立刻想到生殖器，立刻想到性交，立刻想到杂交，立刻想到私生子。中国人的想象惟在这一层能够如此跃进。”

龚自珍和顾太清，或许只是精神上彼此爱恋，并无出轨之事，但一时间沸沸扬扬，传扬着二人的绯闻。流言蜚语铺天盖地而来，顾太清母子被驱出了贝勒府。她只好带着儿女在西城养马营购买了一处房子（辟才胡同以西的旧城墙附近），靠变卖金银首饰度日。

龚自珍也待不下去了，只好拉着一车破书离开了京城，不久就暴卒。据说是被奕绘之子载钧派杀手下毒毒死的。死时，龚自珍留下的书箱中有顾太清的一幅画像和一束枯萎的丁香花。这就是所谓的“丁香花疑案”。

对于龚、顾二人之间的感情，有很多种说法，但我觉得龚自珍对顾太清有情，顾也对龚有些好感，这应该是真的。他们的感情也正像丁香花一样，是盘结在心中，不敢大胆吐露的。然而，当时的社会竟容不下他们这种“发乎情，止于礼”的感情。后来近代文人冒鹤亭在《读太素道人〈明善堂集〉感顾太清遗事辄书六绝句》中叹道：

太平湖畔太平街，南谷春深葬夜来。人是倾城姓倾国[1]，丁香花发一低徊。

“丁香空结千般恨，柳线难萦一片心”，丁香花给我们带来的是乱丝般缠结的愁绪，正如柳永所说：“要识愁肠，但看丁香树。”

这世上无人不苦，有情皆孽，然而多少痴情的女子却坚持“本想不相思，为怕相思苦，几番苦思量，宁可相思苦”。所以此文的最后，我们还是走到晚唐的花间词中，择出几首词来，伴着那吹来的丁香气息，品一下其中的柔情苦绪：

两条红粉泪，多少香闺意。强攀桃李枝，敛愁眉。　陌上莺啼蝶舞，柳花飞。柳花飞，愿得郎心，忆家还早归。

（牛峤《感恩多》）

自从南浦别，愁见丁香结。近来情转深，忆鸳衾。　几度将书托烟雁，泪盈襟。泪盈襟，礼月求天，愿君知我心。

（牛峤《感恩多》）

云雨常陪胜会，笙歌惯逐闲游。锦里风光应占，玉鞭金勒骅骝。戴月潜穿深曲，和香醉脱轻裘。　方喜正同鸳帐，又言将往皇州。每忆良宵公子伴，梦魂长挂红楼。欲表伤离情味，丁香结在心头。

（尹鹗《何满子》）

豆蔻花繁烟艳深，丁香软结同心。翠鬟女，相与，共淘金。　红蕉叶里猩猩语。鸳鸯浦，镜中鸾舞。丝雨，隔荔枝阴。

（毛文锡《中兴乐》）

1　暗隐“顾”字。

四月花令

SI YUE HUA LING

九

唯有牡丹真国色

牡丹是大家公认的“百花之王”。牡丹花大色艳，给人们的感觉雍容华贵、富丽端庄，很像是浓妆艳抹、珠光宝气的贵妇，故又名“富贵花”。正如宋人赵以夫词中所说，“生香绝艳，说不尽、天然富贵”。

花王也曾历贫寒

南宋 佚名
牡丹图

画上钤鉴藏印“黔宁王子孙永保之”（黔宁王即明代开国功臣沐英）。现藏故宫博物院。

光照八方、繁华如梦的唐代，是牡丹最受推崇的时代，唐代美女们丰满性感的身躯、张扬艳丽的气质，和牡丹的风姿相映成趣，正如李白诗中所说，“云想衣裳花想容，春风拂槛露华浓”。流光溢彩、华丽奢艳的唐代画卷中总少不了牡丹，像周昉的《簪花仕女图》中所画的仕女们的头上，都戴着大朵牡丹。

唐　周昉
簪花仕女图(局部)

周昉，生卒年不详，字仲朗、景玄，京兆（今陕西西安）人。唐代著名画家，善画人物、佛像，尤其擅长画贵族妇女。

上面所绘的唐代仕女，头戴大朵的牡丹花，应是当时真实情景的写实。现藏辽宁省博物馆。

用牡丹来形容唐代女子，是最恰当不过了。她们美丽、浪漫、张扬、热情，同时又茁壮、顽强、独立。牡丹并非只有华贵多姿的一面，也有坚强泼辣的一面。二十世纪八十年代初，有一首流行歌曲叫作《牡丹之歌》，其中唱道："有人说你娇媚，娇媚的生命哪有这样丰满；有人说你富贵，哪知道你曾历尽贫寒……"虽然那个年代习惯于强调"艰苦朴素"的品格，但歌词中关于牡丹"吃苦耐劳"

清　蒋廷锡
牡丹图

画上题道："晨葩吐禁苑，花莳就新晴。玉版参仙蕊，金丝杂绿英。色含泼墨发，气逐彩云生。莫讶清平调，天香自有情。咏各种牡丹。"现藏台北故宫博物院。

的描述也是有根据的。牡丹并不娇气，零下三十摄氏度的低温她也忍得，黄土高原的干旱她也耐得，即使是在穷山沟的悬崖峭壁上，牡丹也能倔强地生长。延安附近就有一个山谷长了很多牡丹，多到可以供附近的乡农砍来当柴烧的程度。

牡丹的出身并不高贵。晚唐诗人裴说有诗："数朵欲倾城，安同桃李荣。

未尝贫处见，不似地中生。”其实他只知其一，不知其二，还是比他早些时候的中唐文人舒元舆所写的《牡丹赋序》中记载得比较客观准确：

古人言花者，牡丹未尝与焉。盖遁乎深山，自幽而著。以为贵重所知，花则何遇焉？

意思是说，古人提起名花时，没怎么说过牡丹，大概是她隐遁于深山，没有为贵人知道吧。

关于牡丹，人们往往提到这样一个故事：武则天有一年冬天下旨令百花齐放，别的花都不敢不开，唯独牡丹不从，于是武则天将牡丹全部刨了，贬出长安，扔到洛阳。这才有洛阳牡丹甲天下。

其实这个故事很不可信，历史记载，武则天一生中很少住在长安，多数时间都是在洛阳居住，明堂等辉煌的建筑也建在洛阳。事实上，正是武则天的喜爱，让牡丹繁盛于京都，为名门贵族所识。舒元舆所写的《牡丹赋序》中又说：

天后（武则天）之乡，西河也，有众香精舍，下有牡丹，其花特异。天后叹上苑之有阙，因命移植焉。由此京国牡丹，日月寖盛。

意思是说，牡丹花是因为什么而成名的呢？武则天的家乡（山西文水）有牡丹花，但她入宫之后却从没有在号称收尽天下百花的御花园中见过牡丹，因此在感叹之余，命人移栽来。

这洛阳的牡丹，十有八九，也是武则天从长安带过来的。只不过后人一乱嚼舌头，这敬酒就成了罚酒，牡丹也从伴驾之花变成流放之囚了。

武则天是没有理由不喜欢牡丹的，牡丹来自她的故乡，伴她度过童年时光。牡丹从山谷的野卉成为金盆玉栏中的花王，武则天也从寒微的小女子成为整个大唐帝国的主人，只有这“交错如锦，夺目如霞”的花王牡丹，才配得上这位万众服膺、号令百花的女皇。

国色朝酣酒，天香夜染衣
——牡丹最佳诗

写牡丹的诗句，最好的自然出于唐人之手。宋人虽然也写了不少关于牡丹的诗词，但毕竟气象上逊了一筹。苏轼才情虽高，但一出口便是“人老簪花不自羞，花应羞上老人头”，衰相尽露，和牡丹花自身的神韵相去甚远。黄庭坚诗道：“欲搜佳句恐春老，试遣七言赊一枝。”更露寒酸相，也不合牡丹的富贵之态。欧阳修的《洛阳牡丹图》是一首长诗，但写到最后，却也用“但应新花日愈好，惟有我老年年衰”这样一句灰色调的句子结尾，让人读来很是感觉丧气。而辛弃疾有《杏花天》一词嘲牡丹：“牡丹比得谁颜色，似宫中，太真第一，渔阳鼙鼓边风急……”以红颜误国的杨贵妃来警告世人不要过于宠爱牡丹，并说：“买栽池馆多何益，莫虚把，千金抛掷……”

宋人手中，固然也有些清丽的句子，如晁补之的“溱傍芍药羞香骨，江里芙蓉妒艳腮”、许景衡的“芳菲仙圃烘初日，冷落书窗照暮霞”、陈襄的“雨余花萼啼残粉，风静奇香喷宝檀”，但总觉得没有写出牡丹的独特气韵。

心头曾跳出这么一句宋诗：“独立东风看牡丹。”尚觉颇有情致，但全诗一读，味道就不一样了：

一自边尘入汉关，十年伊洛路漫漫。青墩溪畔龙钟客，独立东风看牡丹。

（陈与义《咏牡丹》）

诗是好诗，不过写的却是风尘漫漫、国恨家仇。牡丹虽艳虽美，但龙钟潦倒的诗人独自悄立春风，只能是“感时花溅泪”罢了。

所以，我觉得写牡丹最好的佳句，还是要从唐诗中来找。写牡丹的唐诗中什么句子最佳？这个问题，唐代皇帝就曾经研究探讨过。

据载，唐文宗在内殿赏牡丹花时，曾问过一位叫程修己的画家：“近来京城里传唱的牡丹诗，谁的最好？”程修己说：“曾听见公卿们多吟赏中书舍人李正封的诗，曰：‘国色朝酣酒，天香夜染衣。’”唐文宗听了赞赏不已。

这两句诗确实不错，牡丹花瓣上的红晕恰似醉酒后的贵妃，而暗暗传来的芬芳仿佛是来自天外的异香，把牡丹的高贵身份点染得很到位，也很符合唐人喜欢的典雅富丽的审美情怀，所以“国色天香”就成了牡丹的专用语。最能表

清　马逸
国色天香图

马逸，生卒年不详，字南坪，晚号陔南，江苏常熟人。画家，曾师从蒋廷锡。

这幅画工笔重彩，显得富丽堂皇，图中牡丹娇艳明丽，完全符合人们印象中牡丹的雍容富贵之态。现藏南京博物院。

九九消寒图

日冬至，画素梅一枝，为瓣八十有一。日染一瓣，瓣尽而九九出，则春深矣。

——（明）刘侗《帝京景物略》

现牡丹富贵之气的诗句，大概就是李正封的这两句诗了。

不过，“国色”这两个字，并非李正封首创，它最早见于刘禹锡的《赏牡丹》这首诗：

庭前芍药妖无格，池上芙蕖净少情。惟有牡丹真国色，花开时节动京城。

若论牡丹诗清朗遒健第一，当数刘禹锡的这首诗。芍药妖艳靡弱，没有贵族气质；芙蓉虽然清高，却又缺乏热情。只有牡丹才是国色天香，花开之时，满城若狂，这就是牡丹在唐时的魅力。

这并非诗人夸张，《唐国补史》载：“京城贵游尚牡丹三十余年矣。每春暮，车马若狂，以不耽玩为耻。……”后世的人们，再没有像唐人一样对于牡丹显露出如此澎湃的激赏和热情，也没有了唐人蓬勃向上、奔放进取的精神。

白居易有一首诗，叫《惜牡丹花》，其中道：“惆怅阶前红牡丹，晚来唯有两枝残；明朝风起应吹尽，夜惜衰红把火看。”也和宋人一个毛病——“颓丧”！我觉得，写别的花还算罢了，写牡丹这种富贵之花尤其不宜颓丧。

不过白居易还有首长诗叫《牡丹芳》，倒还不错。牡丹诗精微细致第一，当数这首诗：

牡丹芳，牡丹芳，黄金蕊绽红玉房。千片赤英霞烂烂，百枝绛点灯煌煌。
照地初开锦绣段，当风不结兰麝囊。仙人琪树白无色，王母桃花小不香。
宿露轻盈泛紫艳，朝阳照耀生红光。红紫二色间深浅，向背万态随低昂。
映叶多情隐羞面，卧丛无力含醉妆。低娇笑容疑掩口，凝思怨人如断肠。
秾姿贵彩信奇绝，杂卉乱花无比方。石竹金钱何细碎，芙蓉芍药苦寻常。
遂使王公与卿士，游花冠盖日相望。庳车软舆贵公主，香衫细马豪家郎。
卫公宅静闭东院，西明寺深开北廊。戏蝶双舞看人久，残莺一声春日长。
共愁日照芳难驻，仍张帷幕垂阴凉。花开花落二十日，一城之人皆若狂。
三代以还文胜质，人心重华不重实。重华直至牡丹芳，其来有渐非今日。
元和天子忧农桑，恤下动天天降祥。去岁嘉禾生九穗，田中寂寞无人至。
今年瑞麦分两岐，君心独喜无人知。无人知，可叹息。

我愿暂求造化力，减却牡丹妖艳色。少回卿士爱花心，同似吾君忧稼穑。

白居易这个人写诗比较啰唆，不过也有好处，就是描写特细致。如果我们要写以牡丹为主题的作文却没词时，可以到白居易的这首诗里借鉴一些，“黄金蕊绽”“宿露轻盈”“秾姿贵彩”等，足够用啦。

此诗的一个缺憾是，白居易太喜欢给人上思想政治课了，在这首牡丹诗的

五代十国　徐熙
红牡丹图

徐熙，生卒年不详，金陵（今江苏南京）人，一说钟陵（今江西进贤）人。著名画家，善画花竹林木、蝉蝶草虫。他画花，落笔颇重，只要略施丹粉，骨气过人，生意跃然纸上，时称“江南花鸟，始于徐家”。宋代才女李清照曾因一时筹集不到足够的钱，无法购得徐熙牡丹图而深感遗憾。

最后，又强调了一回“农桑”“稼穑”的重要性，不免让如今在蜜罐里长大的年轻人觉得扫兴。林妹妹有诗道：“盛世无饥馁，何须耕织忙。”我们不妨使出金圣叹的手段来，把“三代以还文胜质”起后面的大尾巴一刀截去，让此诗在“花开花落二十日，一城之人皆若狂”的高潮中结束，倒更符合当代审美观。

牡丹有一种典雅之美。牡丹诗中的典雅第一，我意首推李商隐的《牡丹》诗：

锦帏初卷卫夫人，绣被犹堆越鄂君。垂手乱翻雕玉佩，折腰争舞郁金裙。

石家蜡烛何曾剪，荀令香炉可待熏。我是梦中传彩笔，欲书花叶寄朝云。

李商隐写诗，喜欢用典故，“典雅”嘛，不用典故怎么成？这首诗开头的“卫夫人”，不是教王羲之写字的那个，而是春秋时卫灵公的夫人南子。她是出名的风流艳妇，据说至圣先师孔夫子见了锦帷中半遮半露的南子，也半个身子酥软，以至于惹得徒弟子路很是怀疑。

人们常说：第一个用花比美人的是天才，第二个用花比美人的是庸才，第三个用花比美人的是蠢材。而人家李商隐反过来了，以美人比花，用锦帷中的南子形容牡丹初放时的艳丽。

而“越鄂君”这个典故则出于《说苑·善说篇》：“鄂君子晳”泛舟河中，划桨的越人对他唱起“山有木兮木有枝，心悦君兮君不知”，鄂君感动得一塌糊涂，把她搂过来，举绣被覆之。这里李商隐将绿叶中的牡丹想象成绣被覆盖着的越人，传神地描绘出牡丹花在绿叶簇拥中的风采，好花还要绿叶扶持嘛。

颔联则描写牡丹在风中摇曳的丰姿，把牡丹想象成正在跳“垂手舞”“折腰舞”的舞女，随着翩翩舞姿，雕玉佩翻动，郁金裙飘扬。

颈联一般都要码典故，何况是“獭祭诗书”的李商隐。“石家蜡烛何曾剪，荀令香炉可待熏？”晋代石崇拿蜡烛当柴烧，出奇地豪富；荀令说的是三国时的荀彧，《太平御览》上说“荀令君至人家，坐处三日香”，简直是男人中的香妃。这两个典故用来形容牡丹的富贵馨香。

尾联用了“江淹梦彩笔”“楚王会巫山神女”这两个典故，简单说就是，李商隐陶醉于牡丹的国色天香，想用自己的生花彩笔将思慕之情题写在牡丹花叶上，寄给梦中情人（巫山神女）。

不语还应彼此知
——才女牡丹诗

袁宏道曾说：“浴牡丹芍药宜靓妆妙女。”美人们亲笔所写的牡丹诗也不可不读。不过，宋代的才女们似乎都对牡丹没有好感。朱淑真的《牡丹》一诗中说：“娇娆万态逞殊芳，花品名中占得王。莫把倾城比颜色，从来家国为伊亡。”看来是把牡丹当作红颜祸水了。李清照也是喜欢桂花、梅花多过牡丹。但她也有一首词专写牡丹——《庆清朝》：

禁幄低张，彤栏巧护，就中独占残春。容华淡伫，绰约俱见天真。待得群花过后，一番风露晓妆新。妖娆艳态，妒风笑月，长殢东君。　东城边、南陌上，正日烘池馆，竞走香轮。绮筵散日，谁人可继芳尘？更好明光宫殿，几枝先近日边匀。金樽倒，拼了尽烛，不管黄昏。

不过平心而论，李清照的这首牡丹词不如她其他的词出色。看来这时代气息确实强求不来，远离了盛唐之世，就算是在李清照这样的大才女的笔下，牡丹也失色了。

唐代美人中，相传上官婉儿写过一首诗咏双头牡丹，其中有“势如连璧友，情若臭兰人”，用双头牡丹来比喻同气连枝的朋友，但全诗已不可见。艳名远播的女道士鱼玄机有一首《卖残牡丹》：

临风兴叹落花频，芳意潜消又一春。应为价高人不问，却缘香甚蝶难亲。

红英只称生宫里，翠叶那堪染路尘。及至移根上林苑，王孙方恨买无因。

鱼美人出身寒微，这里借“残牡丹”抒发自己知音难遇、同调无人的感叹，诗算是不错，但也和宋人一样，沾了衰败之气。

我最喜欢的美人咏牡丹诗，首推唐代薛涛的这一首：

去年零落暮春时，泪湿红笺怨别离。常恐便同巫峡散，因何重有武陵期。

传情每向馨香得，不语还应彼此知。欲就栏边安枕席，夜深闲共说相思。

读罢薛涛此诗，心头不觉浮上来这样一句话：“多情女情重愈斟情。”比起好多男性诗人纯粹从赞美赏玩的角度来写的诗作，薛涛的这首诗对于牡丹灌注了更多真情。此诗中，仿佛她和牡丹同病相怜、同愁同喜。“卿须怜我我怜卿”，牡丹就是她的知己，心里有话，可以讲给牡丹花听，甚至不用讲，彼此就早已心意相通——“不语还应彼此知”。

牡丹诗深情第一，自是薛美人的这首诗。

清　董诰
二十四番花信风图
之牡丹

画上题诗为：“品尊魏紫亚姚黄，谷雨舒葩殿众芳。四照玉堂春富贵，一枝独冠百花王。”现藏台北故宫博物院。

独立人间第一香
——晚唐牡丹诗

薛涛说："不语还应彼此知"，是美人和花息息相通的心境，到了男人那里，就差了一层，像晚唐的罗隐就说："若教解语应倾国，任是无情也动人。"在他的眼里，牡丹花毕竟是不通人情的。如此看来，他是难以读懂牡丹花语的。

其实，罗隐的这首《牡丹花》诗很有名，《红楼梦》中的宝钗拈了个签，上面写的就是"任是无情也动人"。全诗如下：

似共东风别有因，绛罗高卷不胜春。若教解语应倾国，任是无情也动人。

芍药与君为近侍，芙蓉何处避芳尘。可怜韩令功成后，辜负秾华过此身。

罗隐集中还有一篇《牡丹》诗，富丽浓艳，很切合牡丹的身份：

艳多烟重欲开难，红蕊当心一抹檀。公子醉归灯下见，美人朝插镜中看。

当庭始觉春风贵，带雨方知国色寒。日晚更将何所似，太真无力凭栏杆。

晚唐还有一些牡丹诗，也别有风味。皮日休的《牡丹》诗是这样写的：

落尽残红始吐芳，佳名唤作百花王。竞夸天下无双艳，独立人间第一香。

此诗的气势相当不凡，写出了牡丹的王者之风。但颇有些乖戾不平之气，如果和黄巢大王的《菊花诗》对比，不难看出二者有些相似之处。黄巢说："我花开后百花杀。"皮日休则说："落尽残红始吐芳。"虽"温柔"了不少，但骨子里也是不甘寂寞，要独树一帜，分庭抗礼。"百花王""第一香"等，也透着一股霸气，如果说得不好听，也可以叫作"匪气"。

晚唐还有一个特点，就是渐渐从只喜欢红牡丹，发展到更加喜爱白牡丹。一般都觉得牡丹以红艳夺目为佳，但渐渐也有人觉得红牡丹俗气，不如白牡丹雅致。如唐代裴潾就为白牡丹抱不平，作诗《白牡丹》曰：

长安豪贵惜春残，争赏先开紫牡丹。别有玉杯承露冷，无人起就月中看。

清　蒋廷锡
白牡丹

此画取自《百种牡丹谱》，是蒋廷锡在宫廷为官时所画并呈献雍正皇帝鉴赏的作品，别有一种高洁不俗之态。

裴潾觉得白牡丹清洁出尘的风姿才更值得欣赏，鄙视那些只懂得欣赏红牡丹的人。白居易大概因为自己姓“白”，对白牡丹也有所偏爱。他说：

白花冷淡无有爱，亦占芳名道牡丹。应似东宫白赞善，被人还唤作朝官。

意思是说白牡丹虽然也是牡丹花，但不为时人所重，受人冷淡，正像自己一样，虽然也算个朝官（当时白居易任赞善大夫，是东宫太子身边的五品小官，任务是讽谏太子过失，基本上算是闲职），但却是一旁坐冷板凳的角色，无权无势。

到了晚唐，称赞白牡丹的诗多了起来，如吴融的《僧舍白牡丹二首》：

腻若裁云薄缀霜，春残独自殿群芳。梅妆向日霏霏暖，纨扇摇风闪闪光。
月魄照来空见影，露华凝后更多香。天生洁白宜清净，何必殷红映洞房。

侯家万朵簇霞丹，若并霜林素艳难。合影只应天际月，分香多是畹中兰。
虽饶百卉争先发，还在三春向后残。想得惠林凭此槛，肯将荣落意来看。

“天生洁白宜清净”等语，写出白牡丹的高洁之处，和富贵之家那些“万朵簇霞丹”的红牡丹相比，显得孤高不群。晚唐之时，为富不仁，为仁不富，有德有才的寒士们得不到重用，这也许是晚唐才子们更倾向于白牡丹的原因吧。

不过我觉得，牡丹还是红艳的好，牡丹以雍容华贵取胜，若要看冰清玉洁的风姿，粗枝大叶的白牡丹未必胜得过白色的海棠、梨花、梅花之类。

不成一事又空枝
——对牡丹的非议

牡丹因为名声太响，所以也有一些人酸溜溜地说她的坏话。唐朝的王睿就说：“牡丹妖艳乱人心，一国如狂不惜金。曷若东园桃与李，果成无语自成阴。”宋代又有王溥说：“枣花至小能成实，桑叶虽柔解吐丝。堪笑牡丹如斗大，不成一事又空枝。”

“二王”都来讽刺牡丹“华而不实”，空有一副美艳的外形。不过嘛，唐宋这“二王”也太缺乏审美情趣了，如果只看重“生育功能”的话，那也可以说赵飞燕、杨玉环不算什么美女了。

到了后世，牡丹的声誉的确有所下滑，不少人将牡丹目为俗艳之属。就算人们起名字，叫梅、兰、菊、莲的也远远多于叫牡丹的。有朋友说，“牡丹”是两个字的，后面这些花是单字的，当然更容易嵌在名字里。这样说虽有道理，也不尽然，同样两个字的花名里，牡丹也不占先。例如一个姓张的女孩，大家觉得是叫张芙蓉、张紫薇、张木兰好听，还是叫张牡丹好听？由此可见，牡丹确实有些落魄了。

然而，正如唐代徐凝所说，“何人不爱牡丹花？占断城中好物华。疑是洛川神女作，千娇万态破朝霞”，鲜艳夺目的牡丹是那样茁壮、饱满，她散发着成熟妩媚的风情，令人不免想起《西厢记》里张生的唱词：“将柳腰款摆，花心轻拆，露滴牡丹开……”

和梅、兰之类的“冷美人”比起来，牡丹身上的“性感元素”是别的花所不具备的。“牡丹花下死，做鬼也风流”，虽然说起来不免有些调笑和放诞的意味，但也证明了牡丹花有致命诱惑。

袁宏道曾说，赏花时“茗赏者上也，谈赏者次也，酒赏者下也”。他觉得静静地饮茶看花才是高雅之人，才配得上所赏的名花，如果在酒宴喧闹中赏花，就流俗了。

但我觉得，这也要看是赏什么花，对于牡丹未必适用。因为她代表着富贵、圆满，绽放着生命的热情、成熟的魅惑，“能狂绮陌千金子，也惑朱门万户侯”，也许只有在玉堂画阁之间、宾客云集之际，在欢歌笑语、觥筹交错里，才能让牡丹嫣然一笑吧。

十

有情芍药含春泪

芍药古已有之，我国最早的诗歌总集《诗经·郑风》中就有这样的诗句：

溱与洧，方涣涣兮。士与女，方秉蕑兮。女曰观乎？士曰既且。且往观乎？洧之外，洵吁且乐。维士与女，伊其相谑，赠之以芍药……

旧时的道学先生常摇头说："郑风淫。"这首诗也不例外，迂腐腾腾的朱熹就斥之为"淫奔者自叙之词"。这首诗说的是什么意思呢？

原来这首诗描写的是三月三日上巳之辰、郑国溱洧两河之畔，男女杂集、春游欢会的情景。有人说古人用芍药中的"药"（此字我们这里的方言还念 yuè）字代表相约，所以芍药也成为男女间定情的象征，诗中男子将一朵鲜媚的芍药送到女子手中，爱情之花也在彼此的心中绽放。

这情景，这诗句，打动着千古以来的痴男怨女。《红楼梦》第四十回，林妹妹在行牙牌令时的表现有点"失态"，一会儿说《牡丹亭》里的"良辰美景奈何天"，一会儿说《西厢记》中的"纱窗也没有红娘报"，最后又来了句"仙杖香挑芍药花"。这芍药花，正象征着蓬蓬勃勃的爱情。所以宋人张镃在诗中赞道："自古风流芍药花。"

扬州帘卷东风里

姜夔有一首词，说的是扬州的芍药：

恨春易去。甚春却向扬州住。微雨。正茧栗梢头弄诗句。红桥二十四，总是行云处。无语。渐半脱宫衣笑相顾。　金壶细叶，千朵围歌舞。谁念我、鬓成丝，来此共尊俎。后日西园，绿阴无数。寂寞刘郎，自修花谱。

（《侧犯·咏芍药》）

北宋时扬州芍药极为繁盛，苏轼有诗：“扬州近日红千叶，自是风流时世妆。”当时每年扬州举办芍药万花会，官吏搜聚绝品十余万株观赏欢宴，一时热闹非凡，

明　恽寿平
五色芍药图

画上题：“北宋人旧本有五种没骨花图，赋色妍丽，虽阅数百年，丹粉如新，渲染之工，位置之妙，正非近时学者所能拟议。乙丑秋日，南田寿平题。”看来，此画是学习了宋画技法所来。上并题诗一首：“吹罢琼箫咽凤尘，粉痕暗减镜中春。低垂翠袖红妆侧，舞倦龙绡金谷人。”现藏美国克利夫兰艺术博物馆。

扬州芍药就此名闻天下。后来苏轼见太过扰民，一度废止了这种行为。但只禁得一时，扬州芍药还是“佳种年深亦多变”，品种和数量越来越多。

清 邹一桂
藤花芍药轴

图上画折枝紫藤、红白芍药，其中芍药画得花朵饱满艳丽，很是怡人。现藏台北故宫博物院。

然而到了南宋，金兵南下洗劫扬州（1161 年）后，城破人亡，芍药也无复往日之景，姜夔重过扬州时写下了我们熟知的“二十四桥仍在”“念桥边红药，年年知为谁生”的著名词句。

然而，写芍药时，还是不得不提起扬州，正像写牡丹离不开洛阳一样。南宋大奸臣贾似道有诗云：

又是扬州芍药时，花应笑我赋归迟。满堂留得春如画，对酒何妨鬓似丝。

玉立黄尘那可到，锦围红蜡最相宜。买山若就当移种，此际谁能杖履随。

贾似道人坏诗不坏，这首写芍药的诗倒也不错。要说古时做皇帝也不容易，奸臣也不是个个都是大白脸上写着“奸臣”二字，单看这诗，怎么能想到他是奸臣庸相呢？

元末诗人杨允孚的《咏芍药》这样写：

时雨初肥芍药苗，脆甘味压酒肠消。扬州帘卷东风里，曾惜名花第一娇。

清代塞尔赫有《白芍药》一诗：

珠帘入夜卷琼钩，谢女怀香倚玉楼。风暖月明娇欲堕，依稀残梦在扬州。

明末清初的扬州，园林极盛，各园中也都广泛种植芍药，规模虽不如宋代，却培育出了极为罕见的黑芍药，此品种花色深紫近黑。

《鹿鼎记》中写韦小宝因当年受过扬州禅智寺里和尚的气，找借口要将扬州的芍药花尽数掘掉，后来有个叫慕天颜的人讲了个“四相簪花”的故事（来历见后文），韦小宝欣喜之下，对芍药起了爱惜之心，不再有意为难。

韦小宝当时要掘毁芍药，找的理由是“战马吃了芍药，奔跑起来便快上一倍”。这当然是信口胡言，但芍药确有药用价值不假。芍药有养血敛阴、柔肝缓中、止痛收汗等功用，对于一些女性特有的疾病更是有显著功效，故有“女科之花”的称谓。

好为花王作花相

清 尤荫
芍药图扇页

画上题："绿杨城外二分月，红芍阑边三朵花。筱园花瑞燕集句，并似朴园先生雅正。八一老弟尤荫写于竹心亭。"现藏故宫博物院。

芍药，和牡丹的形貌非常相近，但牡丹是木本，花大枝粗，有雍容华贵的气象，而芍药是草本，显得娇小柔弱，所以古人评花时以牡丹为第一，芍药第二。如宋朝陆佃就在《埤雅》一书中写道："今群芳中牡丹品评第一，芍药第二，故世谓牡丹为花王，芍药为花相。"所以在我的印象中，牡丹像是朱门甲第中的贵族少妇，而芍药则是红娘一般的大丫头。

宋代邵雍有诗："要与牡丹为近侍，铅华不待学梅妆。"元朝方回也说："可止中郎虎贲似，政堪花相相花王。"所谓"中郎虎贲"，是这样一个典故：东汉时的蔡邕（蔡文姬的父亲），曾做左中郎将，有一个勇士与蔡中郎的长相特别相似，所以后来形容两人面貌相似，就用"中郎虎贲"。这里是说芍药和牡丹的"容貌"相似。杨万里有诗：

红红白白定谁先？袅袅婷婷各自妍。最是依栏娇分外，却缘经雨意醒然。

晚春早夏浑无伴，暖艳暗香正可怜。好为花王作花相，不应只遣侍甘泉。

北宋著名科学家沈括在《梦溪笔谈·补笔谈》中记载了“四相簪花”的故事：韩琦于庆历五年（1054 年）上任扬州太守时，其府署后园中芍药一干分四歧，歧各一花。每朵花瓣上下红色，中间围一圈金黄色花蕊，是一种叫“金缠腰”的新品种。韩琦十分高兴，又邀了三人同来观赏。这三人为大理寺评事通判王珪、大理寺评事佥判王安石、大理寺丞陈升之。酒至中筵，剪四花，四人各簪一朵。过了三十年，四人都先后当了宰相。因芍药中“金缠腰”品种与宰相的金色腰带相似，从此，芍药便成了“花相”的代表。

每个朝代的审美标准不太一样。在盛唐，人们喜欢体态丰腴的美人，所以富贵雍容的花王牡丹更为得宠。刘禹锡在《赏牡丹》一诗中就这样写道：“庭前芍药妖无格，池上芙蓉静少情。唯有牡丹真国色，花开时节动京城。”这里就贬芍药而重牡丹。

但是渐渐地到了唐代后期，人们对于芍药也越来越喜欢了。晚唐诗人王贞白有诗道：“芍药承春宠，何曾羡牡丹。”而“唐宋八大家”中韩愈、柳宗元这两位唐代人物都不约而同地喜欢芍药。柳宗元有诗《戏题阶前芍药》道：

凡卉与时谢，妍华丽兹晨。欹红醉浓露，窈窕留余春。
孤赏白日暮，暄风动摇频。夜窗蔼芳气，幽卧知相亲。
愿致溱洧赠，悠悠南国人。

柳宗元的这首诗遵循了古体诗含蓄、典雅的特点，比较内敛。而一向板着脸做正统模样的韩愈，在芍药诗中不知为什么非常狂放，甚至激动得有些失态：

第一首《芍药》：

浩态狂香昔未逢，红灯烁烁绿盘笼。觉来独对情惊恐，身在仙宫第几重。

第二首《芍药歌》：

丈人庭中开好花，更无凡木争春华。翠茎红蕊天力与，此恩不属黄钟家。
温馨熟美鲜香起，似笑无言习君子。霜刀翦汝天女劳，何事低头学桃李。
娇痴婢子无灵性，竞挽春衫来此并。欲将双颊一睎红，绿窗磨遍青铜镜。

一尊春酒甘若饴，丈人此乐无人知。花前醉倒歌者谁，楚狂小子韩退之。

在我们的印象中，李白花下高歌，自称“我本楚狂人，凤歌笑孔丘”的时候不少，也不足为奇，而韩愈却是儒教的忠实信徒，常一副正襟危坐的样子。但不知为什么面对芍药花，他居然花前醉倒，自命为楚狂接舆，可能是对芍药太过喜欢了吧。

无独有偶，在《红楼梦》中，第六十二回叫作“憨湘云醉眠芍药裀”，书中写：“果见湘云卧于山石僻处一个石凳子上，业经香梦沉酣。四面芍药花飞了一身，满头脸衣襟上皆是红香散乱。”

宋明清之时，人们更喜欢体态轻盈的芍药，常为美人之喻。钱谦益写了《有美》这样一首长诗来称赞他的少妻柳如是，其中就说“芍药翻风艳，芙蓉出水鲜”。

清　孙温
《红楼梦》之憨湘云醉眠芍药裀（局部）

绢本工笔彩绘，笔法精细，设色浓丽，生动地还原了《红楼梦》书中的情景。湘云等女性人物采用写真技法，注重肤色渲染，形神兼备，符合清代审美，纤瘦柔媚，有弱柳扶风之感，衣褶裙带勾染并用，线条流畅飘逸。

尚留芍药殿春风

芍药虽然不及牡丹，但花容绰约，也自有可观之处。而且芍药的花期比较晚，俗话说：“谷雨三朝看牡丹，立夏三朝看芍药。”芍药盛开之时，正是“人间四月芳菲尽”——花事冷清的时节，所以芍药就更值得人们珍惜了。宋人陈棣有诗：“谁为东君得意忙，尚留红药殿群芳。”洪炎也说：“山丹丽质冠年华，复有余容殿百花。”赵蕤的《芍药》诗则说：“芍药殿春春几许，帘幙风轻飞絮舞。”

邵雍有诗：“一声啼鴂画楼东，魏紫姚黄扫地空。多谢花工怜寂寞，尚留芍药殿春风。”当“魏紫姚黄”这些品种名贵的牡丹凋零殆尽时，芍药却像百花群中“殿后”的主力军一样，及时盛开，给春残寂寞时节增添了几许色彩，正是“天怜独得殿残春”（陈师道《谢赵生惠芍药》）。

元代散曲家刘敏中的这首《清平乐》词更是表达了百花净尽后，突然又见芍药怒放时喜出望外的心情：

牡丹花落，梦里东风恶。见说君家红芍药，尽把春愁忘却。　隔墙百步香来，数丛为我全开。拼向彩云堆里，醉时同卧苍苔。

芍药虽然不如牡丹更有花王风范，但她更娇媚可人，风姿绰约。《本草》中说：“芍药犹绰约也，美好貌。此草花容绰约，故以为名。”芍药的名字是不是真是由此而来，大可商榷，但芍药姿态柔美，却是一点也不假。

宋人张嵲的这首《芍药》诗把芍药的娇媚之态写得很是动人：

青春爱谢日迟迟，正是群芳扫迹时。浓露有情融睡脸，暄风无力困丰肌。苦将蕊气相牵引，若对华灯不自持。应似西江明夜火，馆娃宫里醉西施。

当然，把芍药写得更妩媚娇懒的，当数秦观的这首诗：

一夕轻雷落万丝，霁光浮瓦碧参差。有情芍药含春泪，无力蔷薇卧晓枝。

金人元好问曾嘲笑过此诗：“有情芍药含春泪，无力蔷薇卧晓枝。拈出退之《山石》句，始知渠是女郎诗。”他说和韩愈苍劲古拙的《山石》类的诗句比起来，秦观的这首诗就太女性化了。但这不能证明秦观的这首诗不好，世上有万种风情，芍药一般的娇柔之姿、女儿之态，也是被赐予人间的众美中的一种。

最后我们再来看一首宋人曹勋的《花心动·芍药》：

密幄阴阴，正嘉花嘉木，尽成新翠。蕙圃过雨，牡丹初歇，怎见浅深相倚。好称花王侍。秀层台、重楼明丽。九重晓，狂香浩态，暖风轻细。　堪想诗人赠意。喜芳艳卿云、嫩苞金蕊。要看秀色，收拾韶华，自做殿春天气。与持青梅酒，趁凝伫、晚妆相对。且频醉，芳菲向阑可惜。

这首诗写得婉转细腻，里面也包括了我们上面提到的众多典故。芍药虽比不上花王牡丹那样冠绝群芳、引人注目，但她却像普天下千千万万的寻常女儿家一样，朴实、纯洁，又不失娇艳明媚，我们又有什么理由不喜爱她呢？

日本　葛饰北斋
芍药和金丝雀

葛饰北斋（1760—1849），日本江户时代的浮世绘画家，绘画风格对后来的欧洲画坛影响很大。

他曾学习中国画六十年，深受中国画影响。此画也极具中国画元素，是其“小花”系列中的一部分。

十一

泪血染成红杜鹃

说起杜鹃花，就不能不提这样一个传说：古蜀国王名叫杜宇，后被人所害。他冤气难消，魂魄化为杜鹃鸟，又称“子规”。杜鹃鸟当春时便悲鸣不已，直啼到口中流血，这点点鲜血染红了遍野山花，于是这花就名为杜鹃花。

杜牧有一首诗，以诗化的语言讲述了上面的故事：

杜宇竟何冤，年年叫蜀门。至今衔积恨，终古吊残魂。

芳草迷肠结，红花染血痕。山川尽春色，呜咽复谁论。

所以“杜鹃”一词，在古典诗词中有时候是指杜鹃鸟，有时则指杜鹃花。正如周瘦鹃先生所说：“鸟有鸟名，花有花名，几乎没一个是雷同的，惟有杜鹃却是花鸟同名，最为难得。”那怎么分呢？也好分，如果是属于“声”这一类的，如“杜鹃声苦不堪闻”“开时偏值杜鹃声”，当然就是说杜鹃鸟了，而属于“色”一类的，像“似血如朱一抹齐”等，就是说杜鹃花了。

杜鹃花时夭艳然

杜鹃花也很娇艳明媚，但可能是由于她在南方满地都是，向来“物以稀为贵”，人们对她便并不珍惜。唐代诗人施肩吾早就为杜鹃花抱不平，他说杜鹃虽艳，但帝城的人却不知道尊重和欣赏。他觉得杜鹃花实在可以和绝世佳人一比颜色：

清　华嵒
春谷杜鹃图

华嵒（1682—1756），原名德嵩，字秋岳，号新罗山人、布衣生、白沙道人、离垢居士等，福建上杭人。扬州画派的代表人物之一，和郑板桥等人多有交往。

画上，鲜艳的杜鹃花衬托出一片春意盎然的图景，题有“春谷鸟边风渐软，杜鹃花上雨初干”。

近代　陶瑢
杜鹃花立轴

陶瑢（1870—1925），字宝如，又名剑泉，号心庄，别号见南山人，武进（今江苏常州武进）人。工书，善画。

画上题明人刘泰的两句诗："粉红花放满枝春，嫩色柔香过雨新。"落款为："壬戌清明前三日，拟南田翁（恽寿平）大意于京师。太液池畔剑泉陶瑢。"

杜鹃花时夭艳然，所恨帝城人不识。叮咛莫遣春风吹，留与佳人比颜色。

宋代杨万里的《明发西馆晨炊蔼冈四首》其一也说：

何须名苑看春风，一路山花不负侬。日日锦江呈锦样，清溪倒照映山红。

这里说，何必到皇家名苑看那些被娇生惯养的奇花异卉，满山的杜鹃更值得我们欣赏。

唐代著名诗人白居易曾将杜鹃花赠给好友元稹，更写有一首长诗《山石榴寄元九》，其中极口称赞了杜鹃花：

山石榴，一名山踯躅，一名杜鹃花，杜鹃啼时花扑扑。

九江三月杜鹃来，一声催得一枝开。江城上佐闲无事，山下劚得厅前栽。

烂熳一阑十八树，根株有数花无数。千房万叶一时新，嫩紫殷红鲜麹尘。

泪痕裛损燕支脸，剪刀裁破红绡巾。谪仙初堕愁在世，姹女新嫁娇泥春。

日射血珠将滴地，风翻火焰欲烧人。闲折两枝持在手，细看不似人间有。

花中此物似西施，芙蓉芍药皆嫫母。……

前面讲牡丹诗时就说过，白居易写诗除了通俗外，就是喜欢啰唆，不过往好处说，就是细腻。这首诗像“日射血珠将滴地，风翻火焰欲烧人”之类的句子，把杜鹃花红艳无双的情态写得非常传神，白居易竟然不惜贬“芙蓉芍药”来赞美杜鹃，说她们和杜鹃一比，就像“嫫母”（黄帝的妻子，著名的丑女）一样了。

所以，后人就有时称杜鹃为花中西施。但杜鹃却和皱眉捧心的病西施“体格”大不相同，她的生命力极为旺盛，在贫瘠、荒芜的山地上照样能绽开。有些地方的山民把杜鹃花叫柴叭花，因为他们觉得杜鹃花有点像喇叭花，又能当作柴烧。将杜鹃当柴烧可真是焚琴煮鹤，太不知道怜香惜玉了。

疑是口中血，滴成枝上花

南唐时的文人成彦雄有诗说：“杜鹃花与鸟，怨艳两何赊。疑是口中血，滴成枝上花。”杜鹃花因为包含着一个动人的悲情故事，所以在诗词中的意象格外凄惨。望帝的家国为仇人所占，所以诗人们看到杜鹃花，往往会起家国之恨、思乡之情。正如崔涂诗中所说，“蝴蝶梦中家万里，杜鹃枝上月三更”。

李白有诗：“蜀国曾闻子规鸟，宣城又见杜鹃花。一叫一回肠一断，三春三月忆三巴。”李白晚年久居宣城，看到故乡四川最常见的杜鹃花，想起杜鹃花背后的故事，不免有肠断之叹。

李白生活在盛唐之时，也没有人关着他不让他回家，而宋代的一些词人，在经历了国破家亡之后，对于杜鹃啼血成花的故事体会得更加刻骨铭心。在靖康之耻后出生的词人高观国，有《浪淘沙·杜鹃花》一词：

啼魄一天涯，怨入芳华，可怜零血染烟霞。记得西风秋露冷，曾浼司花。

明月满窗纱，倦客思家，故宫春事与愁赊。冉冉断魂招不得，翠冷红斜。

我们知道，靖康之难时，北宋都城汴京被金军攻破，共俘虏后妃三千余人、民间美女三千余人，以及大臣、宗室家属数千人。这些女子被掳去金国，一路上受尽侮辱摧残，竟有一半以上在路上死去。高观国的这首词像杜鹃花一样沾满了斑斑泪血，不啻对她们的一曲挽歌。

南宋末年的才士舒岳祥，虽胸有大志，但无处报国。他拒绝和奸臣贾似道同流合污，隐居乡间，把亲历的亡国之痛都倾诉在《杜鹃花》一诗中：

杜陵野老拜杜鹃，念渠蜀王身所变。我今流涕杜鹃花，为是此禽流备溅。

嗟哉杜宇何其愚，万事成败皆斯须。一枰黑白翻覆手，揖让放弑皆丘墟。

汝初一身今百亿，凝滞结恋胡为乎。尔生不能存社稷，死怨谢豹何区区。

至今有子不自保，寄巢生育非良图。百亿禽分百亿花，数若恒河沙复沙。

此花开时此鸟至，青枫苦竹为其家。锦官玉垒不可念，翠华黄屋天之涯。

不闻十月杜鹃鸟，只见十月杜鹃花。何必看花与听鸟，老夫日日自思家。

舒岳祥的这首词中，借杜鹃花背后的故事表达了对故国的思念，又有一种“哀其不幸，怒其不争”的心情。他说当时的蜀王杜宇是多么傻啊，既然死后有这样的精神化身百亿鸣冤，当初为什么就轻易地把权柄交给奸贼们把持呢？

是啊，宋代的皇帝也是，有舒岳祥这样的仁人志士不用，为什么要用贾似道之类的误国奸臣，宋朝灭亡后，连皇家陵墓都被尽掘，帝后尸骨抛于荒野，这样悲惨的下场，有一多半是昏君佞臣的罪责吧。

宋代的杜鹃诗多含有家难归的悲伤情怀，如杨巽斋的《杜鹃花》一诗：

鲜红滴滴映霞明，尽是冤禽血染成。羁客有家归未得，对花无语两含情。

宋末还有一个化名为“真山民”的才士，他隐姓埋名，在《杜鹃花》诗中借杜鹃花抒发了铜驼荆棘之叹：

愁锁巴云往事空，只将遗恨寄芳丛。归心千在终难白，啼血万山都是红。

枝带翠烟深夜月，魂飞锦水旧东风。至今染出怀乡恨，长挂行人望眼中。

“归心千在终难白，啼血万山都是红”，写得极为精警，亡国之人，归心千转，终不敢言，满山如啼血染就的杜鹃正是他们眼中的血泪啊！

自宋代以后，中华大地上就多灾多难，在无数英雄志士血洒大地的岁月里，传说中鲜血染成的杜鹃花出现在诗句中，无不显得悲怆难抑。

近代女英雄秋瑾有诗：

杜鹃花发杜鹃啼，似血如朱一抹齐。应是留春留不住，夜深风露也寒凄。

杜鹃花有一种特殊的习性：独株而生的杜鹃往往形态羸弱，一定要成群聚生，才能格外茂盛。所以在南方的好多山中，如革命老区井冈山等地，就有漫山遍野的杜鹃花，当地人也称之为“映山红”。井冈山上这些血染般的杜鹃花，也见证了当年红军坚苦卓绝的斗争和烈士们的一腔热血。

小时候看过《闪闪的红星》这个电影，如今在网上找到刘欢翻唱的电影插曲《映山红》，听来仍旧觉得有一种力量打动心灵：

夜半三更哟盼天明，寒冬腊月哟盼春风。若要盼得哟红军来，岭上开遍哟映山红……

和杜鹃花相关的故事，往往都很悲伤。二十世纪六十年代香港有个名叫杜鹃的著名女影星，在事业受挫后服药自杀。有人评道："她死时年仅27岁，正是风姿幽蕴、娇媚吐芳的时候，她却突然自绝而去，恰似那盛极而谢的杜鹃花，留给我们一段深深的遗憾、一抹如血的幽香……"

唉，多愁善感之人不宜多提悲戚之事，所以我录下辛弃疾的这首《定风波·杜鹃花》后就匆匆作结罢：

百紫千红过了春，杜鹃声苦不堪闻。却解啼教春小住，风雨，空山招得海棠魂。　一似蜀宫当日女，无数，猩猩血染赭罗巾。毕竟花开谁作主，记取，大都花属惜花人。

近代　吴昌硕
杜鹃花图

上题："血泪欲啼尽，春心望帝知。蜀魂归未得，何以历相思。光绪卅二年，丙午暮春写即景，吴昌硕。"

十二

嘉名谁赠作玫瑰

玫瑰，这个名字非常好听。这两个字一开始是指珍宝玉石，《说文》中道："玫，石之美者；瑰，珠圆好者。"惯于铺陈典故的司马相如在《子虚赋》中，一提石头，就赞道："其石则赤玉玫瑰。"看来，玫瑰这个名字开始是指玉石，后来不知为何就给了玫瑰花。

风流各自胭脂格

明　文嘉
玫瑰花图扇面
（局部）

文嘉（1501—1583），字休承，号文水，南直隶苏州府长洲（今江苏苏州）人。大书画家文徵明次子，吴门派代表画家。

画上洋红色染花、藤黄色点蕊，笔意兼工带写，颇得意趣。现藏故宫博物院。

晚唐诗人徐夤有一首诗《司直巡官无诸移到玫瑰花》：

芳菲移自越王台，最似蔷薇好并栽。秾艳尽怜胜彩绘，嘉名谁赠作玫瑰？春藏锦绣风吹坼，天染琼瑶日照开。为报朱衣早邀客，莫教零落委苍苔。

此诗中道：“嘉名谁赠作玫瑰？”徐夤不知道，我也查不到，或许是无可查考了。

玫瑰花在今天是爱情的象征，高唱“你是我的玫瑰，你是我的花”、送女朋友999朵玫瑰会让她感动得一塌糊涂（其实现在情人节时所售的花，多是月季，

近现代　于非闇
白玫瑰

这幅画是他在生命的最后一年画的，上题：“戊戌初夏接木白玫瑰盛开，特为写照。非闇七十岁。”

并非真正的玫瑰。有人说真正的玫瑰很难在情人节那个时候开花，所以也不必因买的是实为月季的“山寨玫瑰”而懊恼）。

玫瑰代表爱情，是从西洋传来的理念，在中国古代诗词中，玫瑰是没有这种意象的。要说表达爱情，玫瑰还不如芍药，前面就说过《诗经》中有“维士与女，伊其相谑，赠之以芍药”。

在古代，似乎对玫瑰的珍爱程度很不够，他们觉得玫瑰值得称道的就是香气比较出色。杨万里有《红玫瑰》诗：

非关月季姓名同，不与蔷薇谱牒通。
接叶连枝千万绿，一花两色浅深红。
风流各自胭脂格，雨露何私造化功。
别有国香收不得，诗人熏入水沉中。

看来当时的人们对于玫瑰、月季、蔷薇这“三姐妹”还是鉴别得挺清楚的。

玫瑰花因为气味芬芳，常用来做一些化妆品和食品，人们常用“牛嚼牡丹”来形容一个人十分低俗，不过美女嚼玫瑰，却是件非常自然的事儿。

细揉花片配糖霜

古时很多点心和“饮料”都是玫瑰做的。《清稗类钞》中记载：“玫瑰花做馅：去玫瑰花橐蕊，并白色者。取纯紫花瓣捣成膏，以白梅水浸少时。研细，细布绞去汁，加白糖，再研极细，瓷器收贮，最香甜。”

另外，人们还用玫瑰花制作了诸如玫瑰香精、玫瑰露、玫瑰酱、玫瑰酒等物。李渔在《闲情偶寄》中曾大夸莲花和玫瑰，说这两种花都是大利于人的，莲是“浑身上下”无一不为人所用：莲花可看，莲子可摘，莲藕可食，莲叶可以裹物……而玫瑰则是让人浑身上下到处都用得上她，可插可戴、可囊可食、可嗅可观，这样人的口眼鼻舌、肌肤毛发，无一不得到玫瑰的亲昵，染上玫瑰的香气。

《红楼梦》第六十回里提起过玫瑰露。这玫瑰露清凉可口，且色泽艳丽，有“胭脂一般的汁子”，还被下人们误当作“西洋葡萄酒”，据说喝了能治热病，在当时是一种非常珍贵的饮料。书中还多次提到玫瑰膏子，即用玫瑰花制成的胭脂。

清代吴翌凤有一首词名为《踏莎行·玫瑰花》：

艳影团霞，浓香醉蝶，露痕未敛先轻摘。好花不向树头看，朝来卖遍薰风陌。　慵插钗梁，憨填鬓侧，紫罗囊亦输颜色。细揉花片配糖霜，江南风味犹堪惜。

吴翌凤虽然和德国诗人歌德是同时代人（比歌德大七岁），但两人看到玫瑰的心情却大为不同。歌德在1771年与恋人分手后写过一首著名的诗：“少年看见红玫瑰，荒野中的玫瑰。多么鲜艳多么美，少年见了奔如飞，心中不住赞美：玫瑰，玫瑰，红玫瑰，荒野中的玫瑰。”而吴翌凤看到玫瑰的心情却是“细揉花片配糖霜”，似乎太不浪漫了。

西方对于玫瑰的热情要炽热得多，法国诗人拉马丁的《蝴蝶》一诗说：“生同春光，死如玫瑰。”法国大作家雨果也说过：“我平生最大的心愿，就是在玫瑰花盛开的季节死去。”我们说的却是：“牡丹花下死，做鬼也风流。”

平心而论，中国古代诗人们对玫瑰没有太大的热情，千百年来把玫瑰吃了嚼了，蒸了熏了，倒像是对待唐僧肉一般，相关的诗嘛，也没有留下太有名的，因此，本书中写玫瑰时，也只好委屈她一下，篇幅短短地就煞了尾。

以下录几首古人所写的玫瑰诗词供读者参考：

独鹤寄烟霜，双鸾思晚芳。旧阴依谢宅，新艳出萧墙。
蝶散摇轻露，莺衔入夕阳。雨朝胜濯锦，风夜剧焚香。
断日千层艳，孤霞一片光。密来惊叶少，动处觉枝长。
布影期高赏，留春为远方。尝闻赠琼玖，叨和愧升堂。

（唐　卢纶《奉和李舍人昆季咏玫瑰花寄赠徐侍郎》）

麝炷腾清燎，鲛纱覆绿蒙。宫妆临晓日，锦段落东风。
无力春烟里，多愁暮雨中。不知何事意，深浅两般红。

（唐　唐彦谦《玫瑰》）

璚作肌肤麝作胎，徘徊花下几徘徊，满城丝雨近黄梅。　色欲泥人还滴露，香如泛酒莫辞杯，佳人笑插鬓云堆。

（清　赵怀玉《浣溪沙·玫瑰花》）

玉人晓起惜春残，花事正阑珊。卖花声送妆台畔，开篮处、艳紫浓殷。万朵氤氲，一枝芳郁，和露撚来看。　檀郎昨向鬓边安，镇日对红颜。从今揉得花魂碎，细匀入、湘摺罗纨。别样风流，余香旖旎，犹拟傍云鬟。

（清　董元恺《一丛花·咏玫瑰花》）

十三

蔷薇风细一帘香

蔷薇其实和玫瑰、月季差不了太多，只不过蔷薇生性没有她们娇气，郊野间不须人种，也可生长，因此落下个“野客”的别号。宋人姜特立有《野蔷薇》一诗说：“拟花无品格，在野有光辉。”白居易也有诗咏山涧边野生的蔷薇花：“霄汉风尘俱是系，蔷薇花委故山深。怜君独向涧中立，一把红芳三处心。”

李白《忆东山二首》其一说：“不向东山久，蔷薇几度花。白云还自散，明月落谁家。”诗中充满了对光阴虚度的感慨、怀才不遇的嗟叹。不为人珍视的蔷薇，默默地开了又谢，谢了又开，不正像李白的写照吗？所以这大诗人的手笔，当真是无一字无来历，无一句是闲笔。

这些野蔷薇透着乡村女孩一样的野气和纯美，不要小瞧她们，四大美人中西施不也曾是个浣沙村姑吗？蔷薇之美也是极为撩人的，晚唐诗人李群玉有《临水蔷薇》一诗：

堪爱复堪伤，无情不久长。浪摇千脸笑，风舞一丛芳。

似濯文君锦，如窥汉女妆。所思云雨外，何处寄馨香。

然而，《镜花缘》中评花中十二师友时，却将月季评为友，蔷薇评为婢，大概是因为蔷薇不用太费心费力就可以生长，所以就不珍惜人家了吧。

满架蔷薇一院香

晚唐高骈虽是个嗜血成性、独霸一方的武将，但有一首小诗却十分清新自然，为人传诵：

绿树阴浓夏日长，楼台倒影入池塘。水晶帘动微风起，满架蔷薇一院香。

因为蔷薇是蔓生，所以或攀在墙上，或搭在架子上，不然就委顿于地，无法自立。这可能也是《镜花缘》中将她列为“婢”的原因之一吧。说来芍药花和蔷薇差不多，都枝条柔弱，故秦少游有诗：“有情芍药含春泪，无力蔷薇卧晓枝。”另外，相传唐代美女作家李季兰六岁就咏蔷薇道：“经时未架（谐音‘嫁’）却，心绪乱纵横。”其父听了不悦，说她长大后必为“失行妇人”。

这蔷薇花如果不被架起来，铺在地上生长的话，花开时，就恰似旧时的花被面一般，所以蔷薇俗称“锦被堆花”。宋人徐积有《锦被堆》一诗：

南宋　马远
白蔷薇图

马远（1140—1225），字遥父，号钦山，祖籍河中（今山西永济），生长于临安（今浙江杭州）。著名画家。

此画清丽活泼，颇具生气，代表了南宋画院花鸟画的典型风貌。上钤鉴藏印“勤孝堂”“芳林鉴赏”“毅崛珍藏”“于腾私印”“丁伯川鉴赏章”“懋和真赏”“项子京家珍藏”“退密”“神品”等。现藏故宫博物院。

春风萧索为谁张，日暖仍熏百和香。遮处好将罗作帐，衬来堪用玉为床。
风吹乱展文君宅，月下还铺宋玉墙。好向谢家池上种，绿波深处盖鸳鸯。

呵呵，以蔷薇作锦被，样子倒是好看，只不过那满枝的刺儿如何消受得了？还是把蔷薇架起来当屏风吧。

柔也有柔的好处，蔷薇是非常理想的结屏之花。如果想在园子里弄一个隔屏，可以用竹木扎个篱笆，种了蔷薇，让蔷薇的枝条蔓延其上，开起花来五彩缤纷，煞是好看。李渔曾专门在《闲情偶寄》中说过，如果种木香、酴醾、月月红等其他花的话，开的时候常只是一种颜色，那这个花屏看起来就乏味得很——“则是佳人忌作之绣、庸工不绘之图，列于亭斋，有何意致？”所以蔷薇是结屏的不二之选。杜牧有诗《蔷薇花》：

朵朵精神叶叶柔，雨晴香拂醉人头。石家锦障依然在，闲倚狂风夜不收。

所谓石家锦帐，是指晋代巨富石崇曾以彩绸作锦帐几十里夸富，而再华丽的锦帐，又怎么比得上蔷薇花结成的天然花帐？无论狂风急雨，尽可禁得住。

上面提过的唐代才女李季兰，后来又写有一首《蔷薇花》诗：

翠融红绽浑无力，斜倚栏干似诧人。深处最宜香惹蝶，摘时兼恐焰烧春。
当空巧结玲珑帐，著地能铺锦绣裀。最好凌晨和露看，碧纱窗外一枝新。

这“当空巧结玲珑帐，著地能铺锦绣裀”把蔷薇花的柔枝翠蔓写得十分生动，架起来就是床帐，铺在地上就是锦褥。正所谓“三岁看大，七岁看老”，李季兰成年后笔下的蔷薇，还是充满着温柔的诱惑。

蔷薇并不全是温柔的一面，她身上可是有刺的。晚唐诗人陆龟蒙有《蔷薇》诗：

倚墙当户自横陈，致得贫家似不贫。外布芳菲虽笑日，中含芒刺欲伤人。
清香往往生遥吹，狂蔓看看及四邻。遇有客来堪玩处，一端晴绮照烟新。

诗中描写的是贫家土墙上的一丛蔷薇花，有了蔷薇花的铺衬，贫家的茅屋土舍也显得不是那样寒碜了。下面两句很耐人寻味，“外布芳菲虽笑日，中含芒刺欲伤人”，这并非讽刺蔷薇花，正所谓“绵里藏针”，这生于贫家的蔷薇花也正代表了贫士的风格，他们的外表温和谦弱，但有自己的原则，如果横加欺辱的话，他们心中的刺就会突出来反抗。

蔷薇花貌似柔丽，却暗隐刚烈之性，历来也有不少诗人对她格外喜欢。白居易中举后初任县尉时曾移栽了一株蔷薇，他写诗《戏题新栽蔷薇》道：

移根易地莫憔悴，野外庭前一种春。少府无妻春寂寞，花开将尔当夫人。

后世有林逋以梅为妻，以鹤为子，而这里白居易一时动念，看到蔷薇花娇态怡人，竟打趣道：“花开将尔当夫人。”然而，我感觉，即便是有蔷薇花神，她也会穿一身像《西游记》里朱紫国王后那样的带刺衣裳吧。

不过蔷薇的娇美，还是让人欲近不得、欲远不忍。唐代诗人李建勋有诗道：

南宋　杨妹子
蔷薇诗

诗云：“瀹雪凝酥点嫩黄，蔷薇清露染衣裳。西风扫尽狂蜂蝶，独伴天边桂子香。”对于杨妹子，一般认为是宋宁宗的杨皇后之妹。

拂檐拖地对前墀，蝶影蜂声烂熳时。万倍馨香胜玉蕊，一生颜色笑西施。

忘归醉客临高架，恃宠佳人索好枝。将并舞腰谁得及，惹衣伤手尽从伊。

“惹衣伤手尽从伊”！唉，由爱故生忧，由爱故生怖，“惹衣伤手”的，何止是蔷薇？

明　陆治
蔷薇扇面

陆治（1496—1576），字叔平，因居包山，自号包山，吴县（今江苏苏州）人。

画上题：“小妹融春酒，颜如赪玉盘。薄罗初试服，含笑倚栏杆。陆治作于西山斋。”现藏故宫博物院。

东风且伴蔷薇住

清代词人叶申芗曾写道："蔷薇开殿春风，满架花光艳浓。"是啊，蔷薇开于春末，仿佛是诸花中负责殿后的。南宋末年张炎作词说："东风且伴蔷薇住，到蔷薇、春已堪怜。"唐陆龟蒙在《和袭美重题蔷薇》诗中叹道：

秾华自古不得久，况是倚春春已空。更被夜来风雨恶，满阶狼藉没多红。

"到蔷薇、春已堪怜""倚春春已空"，蔷薇开时，已是暮春了，春光正将远去，蔷薇面临的正是东风无力百花残的时节。

黄庭坚有一首非常著名的《清平乐》：

春归何处？寂寞无行路，若有人知春去处，唤取归来同住。　春无踪迹谁知？除非问取黄鹂。百啭无人能解，因风飞过蔷薇。

那潋滟、动人的春光，去了何处？蔷薇开时，已是最后的留恋。春，留不住，终将离去，这烂漫的蔷薇花代表三春和我们告别。

春残、扶病，绝世才女李清照曾对着暮春的蔷薇诉说心事：

春残何事苦思乡，病里梳头恨最长。梁燕语多终日在，蔷薇风细一帘香。

蔷薇又有"买笑花"之名。《贾氏说林》载：晚年的汉武帝一直郁郁不乐，这日强打精神与宠妃丽娟在园中赏花。蔷薇恰开，态若含笑。汉武帝感叹说："此花绝胜佳人笑也。"丽娟为了让汉武帝高兴，就开玩笑问："笑可买乎？"汉武帝大概以为丽娟是想效法"千金买笑"的掌故来讨赏，于是说："可以。"哪知道丽娟自己取了黄金百斤给汉武帝，她是想让愁眉不展的汉武帝挂上笑容。

汉武帝笑了没有？他富有四海，黄金百斤他有什么好稀罕的？面临日复一日不断衰老下去的病体，成仙长生的希望已确认为虚妄，面对美人丽娟的天真想法，他只能是啼笑皆非吧！不过，蔷薇却因此有了"买笑花"一名。在暮春三月的寥落春雨里，也许只有墙角沟边那一丛丛不为人们所重视的蔷薇花，才能开出纯真无忧的笑容来。

“长养薰风拂晓吹，渐开荷芰落蔷薇”（ 徐夤《初夏戏题》），唐人毕竟乐观一些，蔷薇落后，就开始期盼荷花了。然而，蔷薇，却是那逝去的春光里最值得留恋的一段回忆。

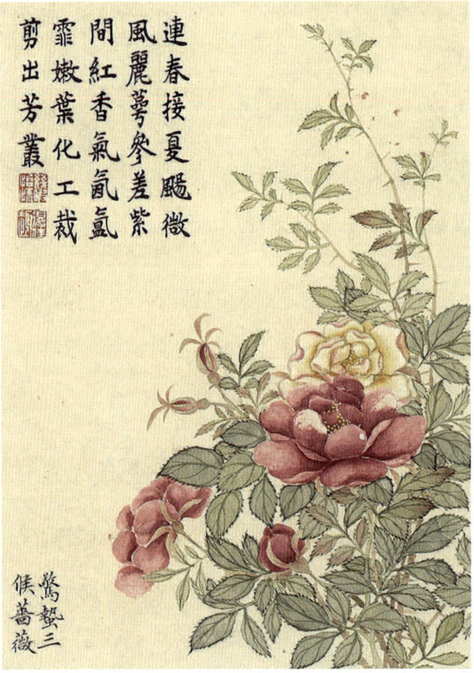

清 董诰
二十四番花信风图之蔷薇

画上题诗为：“连春接夏飔微风，丽萼参差紫间红。香气氤氲霏嫩叶，化工裁剪出芳丛。”现藏台北故宫博物院。

十四

开到荼蘼花事了

《红楼梦》第六十三回中写大观园众女儿行酒令时掣花签，麝月抽到的那支，上面正是一枝荼蘼花，题着“韶华胜极”四字，又有一句旧诗——“开到荼蘼花事了”，后注“在席各饮三杯送春”。

书中说宝玉见了，就“皱皱眉儿，忙将签藏了”。为什么要皱眉？因为荼蘼开于暮春花残之际，所谓“韶华胜极”，表面是好话，但话里有话，“胜极”，也就是到了头的意思，物极必反嘛。宝玉感觉此话象征“三春过后诸芳尽”，是不祥的。而按旧稿原意，麝月正是像暮春的荼蘼一样，是宝玉的“那些花儿”中最后伴在他身边的。宝玉隐隐有所领悟，这才皱眉藏签。然而，该来的总要来，该去的总要去。

睡足酴醾梦亦香

荼蘼，其实和蔷薇、玫瑰、月季一样，都是蔷薇科的一种植物。我们今天似乎不大提这个名字，但在古诗词中，屡屡可见荼蘼的影子。

荼蘼，有时也写作酴醾。酴醾本是一种酒的名字，为什么荼蘼也写成这两个字呢？《群芳谱》是这样解释的：“本名荼蘼，一种色黄似酒，故加酉字。”意思是说有一种开黄花的荼蘼很像黄酒的颜色，所以就和酒名混同了。

这两首诗中写的就是黄颜色的荼蘼：

清明时节散天香，轻染鹅儿一抹黄。最是风流堪赏处，美人取作浥罗裳。

（欧阳修《酴醾》）

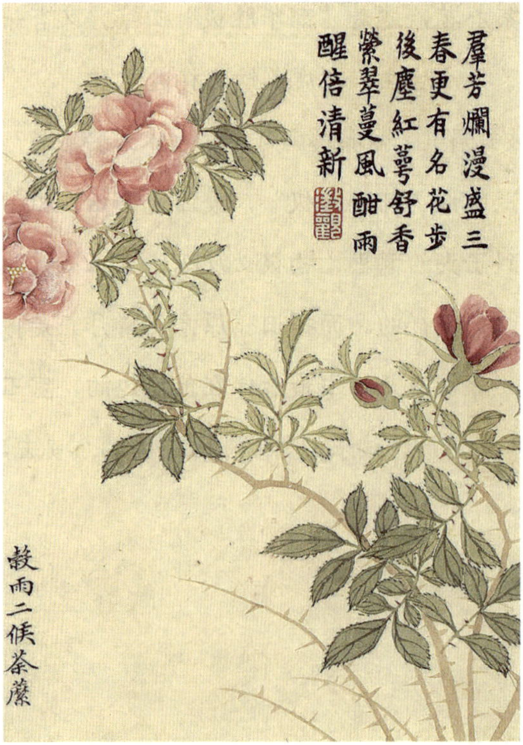

清　董诰
二十四番花信风图之荼蘼

画上题诗为：“群芳烂漫盛三春，更有名花步后尘。红萼舒香萦翠蔓，风酣雨醒倍清新。”现藏台北故宫博物院。

汉宫娇额半涂黄，入骨浓薰贾女香。日色渐迟风力细，倚栏偷舞白霓裳。

（黄庭坚《酴醾》）

大多数荼蘼却为白色。杨万里很不乐意人们把荼蘼和酒拉扯上关系，他有诗道："以酒为名却谤她，冰为肌骨月为家。"也是，花如美人，一旦熏上满身酒气，就不像名门高第的女子了。所以，大多数诗中还是吟咏白色荼蘼的居多。

黄庭坚有《观王主簿家酴醾》一诗：

肌肤冰雪薰沉水，百草千花莫比芳。露湿何郎试汤饼，日烘荀令炷炉香。

风流彻骨成春酒，梦寐宜人入枕囊。输与能诗王主簿，瑶台影里据胡床。

诗中的"肌肤冰雪"就是说荼蘼的花色白，颔联的"何郎""汤饼"也是此意：三国时何晏面白如玉，皇帝疑其敷粉，于是大热天让他吃汤饼。何晏吃得汗流满面，一擦汗，脸却更白了。宋代王十朋有词写荼蘼"露浥琼枝，脸透何郎晕"，也是因此典故。而"薰沉水""荀令炷炉香"等则是形容荼蘼的花香。

才女朱淑真也有一首荼蘼诗：

花神未怯春归去，故遣仙姿殿后芳。白玉体轻蟾魄莹，素纱囊薄麝脐香。

梦思洛浦婵娟态，愁记瑶台淡净妆。勾引诗情清绝处，一枝和雨在东墙。

"白玉体轻蟾魄莹，素纱囊薄麝脐香"这句也是夸荼蘼又白又香的样子。

荼蘼香气浓郁，宋人赵孟坚《客中思家》诗道："微风过处有清香，知是荼蘼隔短墙。"陆游也有诗说："福州正月把离杯，已见酴醾压架开。吴地春寒花渐晚，北归一路摘香来。"多情才子秦少游则由荼蘼的花香忆起旧日恋人的衣香，作诗《赏酴醾有感》：

春来百物不入眼，惟见此花堪断肠。借问断肠缘底事，罗衣曾似此花香。

贾宝玉在大观园题额时也有一联："吟成豆蔻才犹艳，睡足荼蘼梦亦香。"畅饮酴醾美酒，睡足荼蘼香梦，也是人生一乐吧。

谢了荼蘼春事休

荼蘼开于春暮之时，此时正是百花已尽的时候。前面说过多有“芍药殿春风”“蔷薇殿春风”之类的诗，其实她们远没有荼蘼更晚开花。苏轼有诗：“荼蘼不争春，寂寞开最晚。”宋人王千秋也写过：“何物慰侬怀，荼蘼最后开。”宋人赵彦端写道：“千种繁春，春已去，翩然远迹。谁信道，荼蘼枝上，静中留得。”

清　改琦
酴醾对照图

改琦（1773—1828），字伯韫，号香白，又号七芗、玉壶山人、玉壶外史等。善画人物、花竹，尤以仕女画最为著名。

这幅画上一名仕女手把酴醾，充满“卿须怜我我怜卿”之感。

意思是说，春天被荼蘼的花朵儿留住了。这很有白居易诗“长恨春归无觅处，不知转入此中来”的意思。

辛弃疾的这首《虞美人·赋荼蘼》写得很是生动有趣：

群花泣尽朝来露，争奈春归去。不知庭下有荼蘼，偷得十分春色，怕春知。

淡中有味清中贵，飞絮残英避。露华微渗玉肌香，恰似杨妃初试，出兰汤。

辛弃疾把庭下暗开的荼蘼，写成是“偷”了春色，怕春知晓才暗暗开的。孔乙己说读书人“偷”书不算“偷”，固然不对，但对诗中的“偷”字确实不必较真，但凡用这个“偷”字时，多无恶意，而为俏皮之语。像林妹妹也说海棠“偷来梨蕊三分白”嘛。

宋代韩元吉有一首《临江仙》，这样写道：

不恨绿阴桃李过，荼蘼正向人开。一樽清夜月徘徊。花如人意好，月为此花来。　未信人间香有许，却疑同住瑶台。纷纷残雪堕深杯。直教攀折尽，犹胜酒醒回。

韩元吉是南宋爱国诗人，风格和辛弃疾相近，这首词也写得达观开阔。然而，更多的诗人面对荼蘼，却没有“不恨绿阴桃李过”的心情，往往是心生凄然的。如宋代才女吴淑姬有《小重山》一词：

谢了荼蘼春事休。无多花片子、缀枝头。庭槐影碎被风揉。莺虽老、声尚带娇羞。　独自倚妆楼。一川烟草浪、衬云浮。不如归去下帘钩。心儿小、难着许多愁。

前面说过，《红楼梦》里引了这样一句诗：“开到荼蘼花事了。”这来自于宋代诗人王淇的《春暮游小园》：

一从梅粉褪残妆，涂抹新红上海棠。开到荼蘼花事了，丝丝天棘出莓墙。

荼蘼花在佛典中也常被提及，又被称为彼岸花，她开在往生的路上，开在遗忘前生的彼岸。

爱到荼靡，意蕴生命中最灿烂、最繁华或最刻骨铭心的爱即将失去。花谢心埋的感触，谁不曾有过？亦舒有小说《开到荼蘼》，王菲也有两首歌，一名《开到荼蘼》，一名《花事了》。

花，开到了荼蘼之时，就意味着结束、消逝、诀别。结束，是很多人不愿意面对的。然而，花终有落时，一切都有结束。心花怒放，却开到荼蘼，只好问自己，能不能不慕春光、不染凄凉。

近代　王云
酴醾幽禽图

王云(1887—1938)，字梦白，号破斋主人，江西丰城人。

画上题："酴醾花夹竹枝开，有雨无风傍砌台。春尽江南消息杳，却从幽鸟带声来。玉衡先生雅属。癸酉秋日，王云并题。"

五月花令

WU YUE HUA LING

榴花照眼

十五

五月榴花照眼明

虽说是“开到荼蘼花事了”，但进入炎炎夏日，也并非就没了花朵开放。王安石有一句诗：“浓绿万枝一点红，动人春色不须多。”相传就是写独花石榴的。石榴，开于初夏的五月，给浓绿中添了一抹红，所以农历五月也俗称榴月。宋人曾觌有词：“绿荫侵檐净，红榴照眼明。主人开宴出倾城，正是雨余天气，暑风清。”

今天，我们对石榴花并不是特别看重，但古人却将石榴花的地位抬得很高。《镜花缘》中讲“花中十二师友”时，将石榴算作“十二友”，而蔷薇、梨花等都屈居为“婢”。袁中郎的《瓶史》中也说“石榴以紫薇、大红、千叶、木槿为婢。”

移得珊瑚汉苑栽

元代马祖常有诗：

乘槎使者海西来，移得珊瑚汉苑栽。只待绿荫芳树合，蕊珠如火一时开。

南宋　马麟
石榴蜡嘴图

马麟，生卒年不详，钱塘（今浙江杭州）人。马世荣之孙、马远之子。

画面生动可爱，枝头挂着四只硕大的石榴果，露出粉色的石榴籽，晶莹剔透，一只白色蜡嘴鸟盯着裂开的石榴果，露出垂涎之意。现藏美国纽约大都会艺术博物馆。

石榴，并非我国本土原生的植物，原产于古波斯一带（今伊朗、阿富汗等地）。据说直到今天，中亚、西亚地区的山上尚有大片野生石榴林。

石榴传入我国，是汉张骞出使西域时带回来的。元稹有《感石榴二十韵》一诗，其中道：

何年安石国，万里贡榴花。迢递河源道，因依汉使槎。

酸辛犯葱岭，憔悴涉龙沙。

南宋诗人王义山也有诗道：

不因博望来西域，安得名花出安石。

博望，即博望侯张骞。这两首诗都明确道出石榴是从当时的"安石国"传来的，所以石榴也叫作"安石榴"。三国曹植的诗里也出现过石榴的影子：

石榴植前庭，绿叶摇缥青。丹华灼烈烈，璀彩有光荣。……

但是要注意，唐诗中出现"石榴"二字，并非都指我们现在所说的石榴。其中称为"海石榴"的，是指茶花。例如唐朝方干《海石榴》诗：

亭际夭妍日日看，每朝颜色一般般。满枝犹待春风力，数朵先欺腊雪寒。

这分明就是咏茶花，和五月的石榴花不沾边。

又有称为"山石榴"的，则是指杜鹃花。像白居易诗中就注明过：

山石榴，一名山踯躅，一名杜鹃花。

所以，古诗词中前面冠上"山""海"的，都不是我们现在所说的石榴。

石榴半吐红巾蹙

石榴颜色如火，元好问的父亲元德明有诗说：“庭中忽见安石榴，叹息花中有真色”。元代张弘范也有这样一首诗：

猩血谁教染绛囊，绿云堆里润生香。游蜂错认枝头火，忙驾薰风过短墙。

这个张弘范，文武双全，可惜虽为汉人后代，却协助蒙古人最终灭掉了南宋，在崖山刻下“镇国大将军张弘范灭宋于此”，留下非议多多。这些不是本书话题，就不多谈了。不过他的这首小诗却也饶有趣味，说是蜂蝶们看到石榴花这样红艳，误以为是火，吓得不敢靠近了。

苏东坡似乎对石榴花非常喜爱，有两首非常有名的词都提到了石榴花。先看描写初夏时石榴花开的词《阮郎归·初夏》：

绿槐高柳咽新蝉，薰风初入弦。碧纱窗下水沉烟，棋声惊昼眠。　微雨过，小荷翻，榴花开欲然。玉盆纤手弄清泉，琼珠碎却圆。

我们看苏轼也不单是“铜琵琶，铁棹板”的风格，像这首词，倩十七八女郎，执红牙板而歌有何不可？要不说苏轼是个大才子呢，笔下情致大不一样。“微雨过，小荷翻，榴花开欲然（‘然’同‘燃’）”，似不着力，却道出初夏时最动人的风景。

苏轼还有一首词《贺新郎》，也非常有名：

乳燕飞华屋，悄无人、桐阴转午，晚凉新浴。手弄生绡白团扇，扇手一时似玉，渐困倚、孤眠清熟。帘外谁来推绣户？枉教人梦断瑶台曲，又却是，风敲竹。　石榴半吐红巾蹙，待浮花浪蕊都尽，伴君幽独。秾艳一枝细看取，芳心千重似束，又恐被、西风惊绿。若待得君来向此，花前对酒不忍触，共粉泪，两簌簌。

这首词也是有故事的。相传苏东坡任杭州太守时在西湖饮宴，召官妓秀兰

明　周之冕
榴实双鸡图

周之冕，1521 年出生，卒年不详。字服卿，号少谷，长洲（今江苏苏州）人。

图中画有雄鸡两只，精神抖擞，正在争斗，假山石畔斜出一枝石榴，硕果累累，并附以蜀葵、萱花等，饱含了吉祥如意、生机勃勃的美好寓意。

唱曲侍宴，但这个秀兰姗姗来迟。在座的官吏有不少人想发怒责备她，秀兰委屈地折了一枝榴花请罪说，因天气太热，洗完澡后不觉睡过头了。苏东坡于是写了这样一首词，命她吟唱，众人也都转怒为喜，不再计较了。

而有的人不同意上面的说法。如南宋的胡仔就说："东坡此词，冠绝古今，托意高远，宁为一娼而发邪？"又有一个老儒叫项安世，摇头晃脑地说："苏公'乳燕飞华屋'之词，兴寄最深，有《离骚经》之遗法。盖以兴君臣遇合之难，一篇之中，殆不止三致意焉。"

我最烦把爱情诗也拉上"君臣遇合"之类意义，项老头的话不值一驳。但我觉得这首词也不像是由"一个妓女洗澡"所引发的。品味词中之意，从头到尾，都是以一个女子的口吻来叙述她在寂寞之中，苦苦思念离别的情人。陈鹄的《耆旧续闻》中说，看过东坡的原稿真迹，此词是写给一个叫榴花的侍妾。这种说法的可信度倒是更大。

好了，有点扯远了，此词中提到石榴的这一句——"石榴半吐红巾蹙，待浮花浪蕊都尽，伴君幽独"，堪称佳句。石榴开于初夏，此时春日里喧嚣一时的俗桃艳梨都不在了，而色如红巾的石榴此刻却默默地伴着孤独的他。就算全世界都背弃了你，记住至少还有我爱你——这就是石榴花一样的女子。

清　邹一桂
榴花下雄鸡图

他是宫廷画家，所以上面有乾隆皇帝的题诗："绛冠独立色争榴，自觉昂藏莫与俦。法拟昌黎学作俗，示人颇亦欲惭不。"现藏台北故宫博物院。

开时又不藉春风

石榴开在初夏，并非人们争先赏花的春季，因此石榴有时候也为人们所忽略，不知不觉中，石榴就徒自开放，无人喝彩了。

韩愈有诗：“五月榴花照眼明，枝间时见子初成。可怜此地无车马，颠倒青苔落绛英。”此诗在《千家诗》中题为朱熹所作，但此诗在《全唐诗》三百四十三卷中有收录，诗名为《题张十一旅舍三咏·榴花》。这是一组诗，与之相邻的两首分别写“井”和“蒲萄”（即葡萄）。

当时，韩愈与张署（即张十一）同遭贬谪，这三首诗都是借物言志，抒发心中的郁闷心情。所以这首诗为韩愈所作的可能性更大，不像是道学先生朱熹的风格。

在文人笔记、民间传说中，石榴也是桀骜不驯、个性鲜明的。唐代郑还古的《博异志》中写桃、李等花神都怕风神“封十八姨”，唯独一个叫石醋醋的花神不怕，这个“石醋醋”就是石榴花神。冯梦龙的《醒世恒言》中的“灌园叟晚逢仙女”，就改编自这一故事，里面的石榴花神叫阿措。

陆游有《山店卖石榴取以荐酒》一诗：

山色苍寒云酿雪，旗亭据榻兴悠哉！麴生正欲相料理，催唤风流措措来。

陈著有《鹧鸪天》一词：

看了山中薜荔衣，手将安石种分移。花鲜绚日猩红妒，叶密乘风翠羽飞。

新结子，绿垂枝，老来眼底转多宜。牙齿不入甜时样，醋醋何妨荐酒卮。

这里面的“风流措措”“醋醋”，都是借指石榴。清代董俞《二郎神·咏黄石榴花》里说：“绯衣阿醋，忽改做道家装束。看满额鹅黄，天然雅淡，绝胜猩红鸭绿。”“绯衣阿醋”即指红色的石榴，这里董所写的是黄石榴花，故形容成改为道门中的黄衣装束。

李商隐有诗云“东风无力百花残”，传说中的“东君”“东风”“封十八姨”之类都很厉害，他们吹花开，吹花落，仿佛花朵们的老板一样掌握着她们的荣衰命运。但并非所有的花都要仰其鼻息，像石榴就开于夏季，暮春风雨能吹落桃李等花，却奈何不了石榴半分，所以石榴花神还真不屑于低三下四地求那高傲的东风。

晚唐诗人子兰有一首诗叫《千叶石榴花》，里面说：“一朵花开千叶红，开时又不藉春风。”宋代刘铉有一首《乌夜啼》也说：

垂杨影里残红，甚匆匆，只有榴花，全不怨东风。　暮雨急，晓鸦湿，绿玲珑，比似茜裙初染一般同。

清　周禧
石榴轴

周禧即周淑禧（1624—约1705），江苏江阴人。与姊周淑祜自幼在父亲周荣起的支持下学习书画，及长，“以丹青著称，所长花卉虫鸟，用笔如春蚕吐丝，设色鲜丽，气韵生动”。

画上有石榴三颗，其中一颗露出粒粒如珍珠般的石榴籽，尽显“石榴百子”之意。现藏台北故宫博物院。

不借春风，不怨东风，我就喜欢石榴的这种性格。她不去凑蜂蝶正闹、百花争媚时的热闹，她不卑不亢，不慕不怨，在最清淡的花期中开出夺目的红艳来，那是女儿家最喜欢的石榴裙的颜色。

明代才女黄峨是才子杨慎的夫人。他们新婚时，住在一个叫榴阁的地方。之所以名为“榴阁”，就是因为庭院中栽种了几株石榴树。黄峨写有《庭榴》一诗：

移来西域种多奇，槛外绯花掩映时。不为秋深能结实，肯于夏半烂生姿。

翻嫌桃李开何早，独秉灵根放故迟。朵朵如霞明照眼，晚凉相对更相宜。

“翻嫌桃李开何早，独秉灵根放故迟”，榴花虽然没有争先而放，却有其独特的风格和灵性。这两句其实话里有话，黄峨比杨慎小十岁，是杨慎的继室夫人，这几句明显有以榴花自喻的感觉。虽然黄峨和杨慎没有成为结发夫妻，但正像迟到的榴花一样，他们琴瑟偕好，是堪称佳话的一对才子佳人——“朵朵如霞明照眼，晚凉相对更相宜”。

清　居廉
石榴黄花图

居廉（1828—1904），字士刚，号古泉、隔山樵子、罗湖散人，出生于广东省广州府番禺县隔山乡（今广东广州海珠区），原籍江苏扬州宝应县。

此图用没骨法画石榴萱花，设色清雅，用笔利落，形神并佳。上题：“乐陶世兄大人鉴正，居廉。”

近现代　齐白石、于非闇
赤榴结子

这幅图由两位画坛巨匠于丙子 (1936) 年夏日合作，上面的蝴蝶出于齐白石先生之笔。

嚼破水晶千万粒

李商隐有《石榴》一诗说："榴枝婀娜榴实繁，榴膜轻明榴子鲜。"石榴的果实非常独特，其他水果还真难找出类似的。潘岳《安石榴赋》中说："千房同膜，千子如一，御饥疗渴，解醒止醉。"由于石榴中含有很多晶莹的小籽，所以被视为多子之兆。古人信奉多子多福，由此石榴成为一种吉祥的图案。

直到现在，民间婚俗中，有些地方还有在新房中放上石榴的习惯，并且还要剥开果皮，露出粒粒石榴籽，以体现出"多子"的象征意义来。器具、被子上的传统图案也有"榴开百子"之类。

晚唐诗人皮日休有一首《石榴歌》，十分生动地描写了石榴果实的样子：

蝉噪秋枝槐叶黄，石榴香老愁寒霜。流霞色染紫罂粟，黄蜡纸裹红瓠房。

玉刻冰壶含露湿，斓斑似带湘娥泣。萧娘初嫁嗜甘酸，嚼破水晶千万粒。

"嚼破水晶千万粒"，写出了石榴的特色。后来杨万里所写的"雾縠作房珠作骨，水晶为粒玉为浆"，应该是借鉴皮日休的这句而来。

李商隐著名的无题诗有一首是这样写的：

凤尾香罗薄几重，碧文圆顶夜深缝。扇裁月魄羞难掩，车走雷声语未通。

曾是寂寥金烬暗，断无消息石榴红。斑骓只系垂杨岸，何处西南待好风？

春光已逝，石榴花红，留下几多感慨！

六月花令
LIU YUE HUA LING

茉莉来宾
菡萏为莲

十六

茉莉天姿如丽人

茉莉花开于炎炎夏日，而且在百花之中，香气尤为纯正怡人。茉莉、兰花、桂花并称“三大香祖”，宋代诗人江奎则备赞茉莉花，夸其盈白如珠、幽香袭人，并赋诗道：“他年我若修花史，列作人间第一香。”著名的民歌《茉莉花》中也唱道：“好一朵美丽的茉莉花，满园里花开，香也香不过她……”

宋代诗人刘克庄有诗说：“一卉能熏一室香。”确实如此，我家只有一小盆茉莉花，但夏日黄昏时分，那一朵小小的白花悄悄绽放后，满庭都是沁人心脾的馨香，令人不禁想起明朝陈淳诗中所说的意境：“茉莉开时香满枝，钿花狼藉玉参差。茗杯初歇香烟烬，此味黄昏我独知。”

远从佛国到中华

茉莉大概是在汉代传入我国，有一种说法是从印度传入的。宋代王十朋有诗：

没利名嘉花亦嘉，远从佛国到中华。老来耻逐蝇头利，故向禅房觅此花。

这里王十朋把茉莉写成“没利”，把她当作佛家劝人放弃名利的一种花，所以才有“老来耻逐蝇头利，故向禅房觅此花”之说。据说香港和东南亚等地，有些商人就不喜欢茉莉花和梅花，因为“茉莉”与“没利”谐音，梅花的“梅”与倒霉的“霉”同音。

其实“茉莉”是由梵文malliks音译而来，所以曾有多种写法，除了“没利”，还有人写成“末利”“抹利”“抹厉”“末丽”“抹丽”等。李时珍在《本草纲目》中写道：“盖末利本胡语，无正字，随人会意而已。”

然而，李时珍的《本草纲目》中还说：“茉莉原出波斯，移植南海，今滇、广人栽莳之。”茉莉的原产地又成了古波斯了。晋代嵇含的《南方草木状》中也说：“那悉茗花与茉莉花，皆胡人自西域移植南海，南人怜其芳香，竟植之。”

事实上，物种的传播有多条途径，在茉莉传入中华的过程中，印度和波斯这两个地方可能都是源头。

南宋　马麟
茉莉舒芳图

画上有元代“内府图书”“皇姊珍玩”“都省书画之印”等藏印。

玉骨冰肌耐暑天

清代陈学洙有《茉莉》一诗道：

玉骨冰肌耐暑天，移根远自过江船。山塘日日花城市，园客家家雪满田。新浴最宜纤手摘，半开偏得美人怜。银床梦醒香何处，只在钗横鬌辫边。

茉莉开于炎炎盛夏，也正当少花的季节。宋人郑刚中的《茉莉》诗中说："茉莉抱何性，犯此炎暑酷。"说来也是，天气太热的时候，百花之中，除了石榴、莲花等几种花卉外，很少有在大热天盛开的。于是宋代词人姚述尧有词道：

天赋仙姿，玉骨冰肌，向炎威、独逞芳菲。轻盈雅淡，初出香闺，是水宫仙，月宫子，汉宫妃。　清夸苫卜，韵胜酴醿，笑江梅、雪里开迟。香风轻度，翠叶柔枝，与王郎摘，美人戴，总相宜。

（《行香子·茉莉花》）

这里力赞茉莉"向炎威，独逞芳菲"的品格，夸其是"水宫仙、月宫子、汉宫妃"。宋代词人史浩也有一首类似的词写茉莉，夸她胜过夏日里的石榴、荼蘼等花：

琼肌太白，浅著鹅黄罩，金缕檀心更天巧。算同时，虽有似火红榴，争比得，淡妆伊家轻妙。　兴来清赏处，无限真香，可惜生教生闽峤。这消息、纵使移向燕沈，终不似凭栏，披襟一笑。若归去长安诧标容，单道胜、酴醿水仙风貌。

（《洞仙歌·茉莉花》）

茉莉花开如雪，宋人施岳有词道："玉宇薰风，宝阶明月，翠丛万点晴雪。炼霜不就，散广寒霏屑。"所以在夏夜时玩赏，大有清心祛暑之效。刘克庄有诗说："一卉能熏一室香，炎天犹觉玉肌凉。"又有词道："老圃献花来，异域移根至。相对炎官火伞中，便有清凉意。"

宋代许棐的《茉莉花》诗中也说："荔枝乡里玲珑雪，来助长安一夏凉。"

还有宋代许雪野的《茉莉》诗云：“自是天上冰雪种，占尽人间富贵香。不烦鼻观偷馥郁，能使心地俱清凉。”

《武林旧事》卷三载，宋孝宗纳凉的翠寒堂等地就放有茉莉花数百盆，“鼓以风轮，清芬满殿”，看来南宋偏安之帝也挺会享福的。当然，这并不算太奢侈，茉莉并不是太过娇气的花，寻常百姓种上几盆茉莉，一样能感受到她的清香。

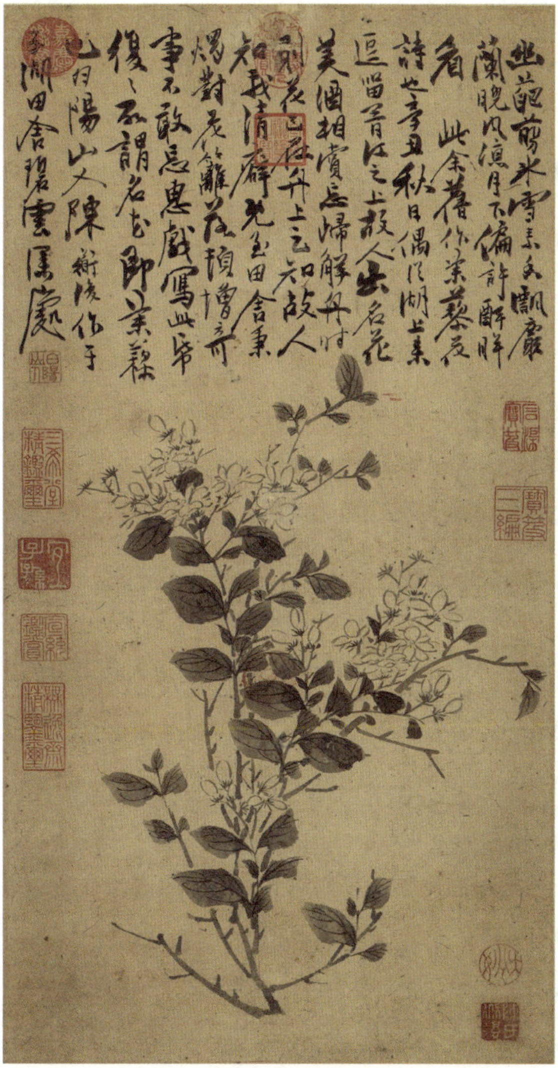

明　陈淳
茉莉图

陈淳（1483—1544），字道复，更字复甫，号白阳，又号白阳山人，长洲（今江苏苏州）人。和徐渭齐名，有“白阳”“青藤”之称。

这幅画表现出他淡墨欹毫、极尽疏斜的特点。上面的题字为：“幽葩剪冰雪，素香飘麝兰；晚风凉月下，偏许醉眸看。此余旧作茉莉花诗也，辛丑秋日偶从湖上来，逗留胥江之上，故人出名花、美酒，相赏忘归。解舟时，则花已在舟上，足知故人知我清癖。既至田舍，秉烛对花，篱落顿增奇事，不敢忘惠，戏写此纸复之。所谓名花即茉莉也。白阳山人陈道复作于五湖田舍碧云深处。”现藏台北故宫博物院。

花向美人头上开

茉莉花属于小型花朵，远不如牡丹、山茶之类硕大夺目。但小有小的好处，就是非常适宜于插在鬓发上做装饰。虽然唐代也流行过簪牡丹花，但后世人喜欢的是李香君那样的“小扇坠儿式”的美女，“硕大而俨”的唐代美人头上戴朵牡丹还说得过去，“小扇坠儿式”的玲珑美人戴上，不免滑稽可笑，有头重脚轻的感觉。而茉莉花，娇小轻柔，暗香馥郁，恰恰是最理想的簪花。宋代杨巽斋有《茉莉》一诗：

麝脑龙涎韵不作，熏风移种自南州。谁家浴罢临妆女，爱把闲花插满头。

清代画家王士禄的《茉莉花》诗云：

冰雪为容玉作胎，柔情合傍琐窗开。香从清梦回时觉，花向美人头上开。

李渔在《闲情偶寄》中感叹道：“茉莉一花，单为助妆而设，其天生以媚妇人者乎？”他说，别的花都是白昼开，茉莉却晚上开，别的花蒂上无孔，唯独茉莉有孔，恰好能插在发簪上。当然，茉莉花也略有一点美中不足，那就是她的花以白色最为常见，虽然也曾记载过有红色、黄色、绿色的茉莉，但毕竟极为罕见。

大才子唐伯虎有诗：

春困无端压黛眉，梳成松鬓出帘迟。手拈茉莉猩红染，欲插逢人问可宜？

这里写一个女子拈了一朵用红颜色染就的茉莉花，问人家插到头上是否好看。有人将此处的茉莉当作红茉莉，恐怕不见得，“手拈茉莉猩红染”，这个茉莉上的红色分明是手工染成，该女子可能是怕插白花不喜庆才动手染红的。

然而，这一点点小问题，丝毫没有影响女子们对茉莉花的热情，单是茉莉花那怡人的香气就征服了一切。

《浮生六记》中沈三白和芸娘这对恩爱夫妻也讨论过茉莉花：

（沈三白）觉其（芸娘）鬓边茉莉浓香扑鼻，因拍其背，以他词解之曰：“想古人以茉莉形色如珠，故供助妆压鬓，不知此花必沾油头粉面之气，其香更可爱，所供佛手当退三舍矣。”芸乃止笑曰：“佛手乃香中君子，只在有意无意间；茉莉是香中小人，故须借人之势，其香也如胁肩谄笑。”余曰：“卿何远君子而近小人？”芸曰：“我笑君子爱小人耳。”

后来他们夫妻俩就将茉莉戏称为“香中小人”。文中又写三白夫妇和船家女素云饮于万年桥舟中：“时四鬓所簪茉莉，为酒气所蒸，杂以粉汗油香，芳馨透鼻。余戏曰：‘小人臭味充满船头，令人作恶。’”

其实从他们夫妻的言语可以看出，称茉莉为“小人香”，并非对茉莉有什么恶意，更多的是对茉莉的亲切狎昵之情，一如他们夫妇间的打情骂俏。

清人徐灼有《茉莉花》一诗：

酒阑娇惰抱琵琶，茉莉新堆两鬓鸦。消受香风在良夜，枕边俱是助情花。

清人余怀的《板桥杂记》中写道：“裙屐少年，油头半臂，至日亭午，则提篮挈榼，高声唱卖逼汗草、茉莉花。娇婢卷帘，摊钱争买，捉腕捺胸，纷纭笑谑。顷之，乌云堆雪，竟体芳香矣。盖此花苞于日中，开于枕上，真媚夜之淫葩，殢人之妖草也。”从这里可以看出，茉莉花让美人们遍体芬芳，添得几多闺房之乐。

“香中小人”也罢，余怀所称的“淫葩”“妖草”也罢，其实都无损茉莉花的芳名。电视剧《聊斋》的插曲里有一句歌词：“牛鬼蛇神倒比正人君子更可爱。”花又何尝不是如此？我们就是喜欢全身心地感受茉莉的芬芳，有什么不可以？

名花倾国，历来相欢相伴。宋代郑刚中的诗中道：“茉莉天姿如丽人，肌理细腻骨肉匀。”柳永有《满庭芳·茉莉花》一词，半写美女，半写茉莉，香花美人，浑然一体：

环佩青衣，盈盈素靥，临风无限清幽。出尘标格，和月最温柔。堪爱芳怀淡雅，纵离别、未肯衔愁。浸沉水，多情化作，杯底暗香流。　凝眸，犹记得，菱花镜里，绿鬓梢头。胜冰雪聪明，知己谁求？馥郁诗心长系，听古韵、一曲相酬。歌声远，余香绕枕，吹梦下扬州。

“茉莉花盛开，你芬芳着我的爱，明月照我来，为你守一份洁白……”洁白清香的茉莉花，正像江南的美少女一样迷人。

十七

映日荷花别样红

荷花，又名莲花，又有芙蓉、芙蕖、菡萏等多种别称。李时珍的《本草纲目》解释说："莲茎上负荷叶，叶上负荷花，故名。"大概是觉得荷花和荷叶都特别大，被细细的茎托着，像是很费力的样子，所以取名"荷花"。这个名字既不优雅，也不浪漫，太平常了。

至于芙蓉这个名称，《尔雅》解释道："芙蓉之含敷蒲也。"李时珍解释说，芙蓉就是"敷布容艳之意"，也就是芳名远播、光彩照人之意。《红楼梦》第六十三回"寿怡红群芳开夜宴"里写林妹妹抽了个签，上面画着芙蓉花，众人笑说："这个好极，除了她，别人不配做芙蓉。"由此，可以看出在人们心中，芙蓉就是美丽纯洁的化身。

有五谷之实，兼百花之长

中国人很早就喜欢种植荷花。1973 年在浙江余姚距今 7000 年的“河姆渡文化”遗址中，发现了荷花花粉化石；同年又在郑州市距今 5000 多年的“仰韶文化”遗址中发现了两粒炭化莲子。《周书》中载“薮泽已竭，既莲掘藕”，《诗经》中也有“山有扶苏，隰与荷华”“彼泽之陂，有蒲与荷”等诗句。这一切都证明了荷花是我们中国自古就有的，并不像有些人说的是从印度传来的。

南宋　冯大有
太液荷风图

冯大有，生卒年不详，号怡斋，南宋吴门（今江苏苏州）人。

画史记载他是画莲的能手，从现在仅存的这件作品来看，确实是名下无虚。所谓太液，是皇宫内苑中的池塘，类似明清两代的南海、中海、北海。这幅图上荷花、荷叶摇曳多姿，又点缀了鸳鸯、蝴蝶、燕子等，令画面更加生动，一派和合之美。现藏台北故宫博物院。

荷花的生命力极强，从南国到北方，只要有足够的水域，就能茁壮地生长，而且花能观赏，叶能裹物，莲藕可食，可谓浑身是宝，有什么理由不喜欢她呢？

清代李渔有一篇文字说得很好：

群葩当令时，只在花开之数日，前此后此皆属过而不问之秋矣。芙蕖则不然。芙蕖自荷钱出水之日，便为点缀绿波；及其茎叶既生，则又日高日上，日上日妍。有风既作飘摇之态，无风亦呈袅娜之姿，是我于花之未开，先享无穷逸致矣。迨至菡萏成花，娇姿欲滴，后先相继，自夏徂秋，此则在花为分内之事，在人为应得之资者也。及花之既谢，亦可告无罪于主人矣；乃复蒂下生蓬，蓬中结实，亭亭独立，犹似未开之花，与翠叶并擎，不至白露为霜而能事不已。此皆言其可目者也。

可鼻则有荷叶之清香、荷花之异馥，避暑而暑为之退，纳凉而凉逐之生。至其可人之口者，则莲实与藕皆并列盘餐，而互芬齿颊者也。只有霜中败叶，零落难堪，似成弃物矣，乃摘而藏之，又备经年裹物之用。

李渔在这里说一般的花也就开上几天，其他时间没有什么价值，而荷花则不然，“小荷才露尖尖角”时，就十分惹人喜爱，开了花后娇艳欲滴的风姿自不必说，花期又长，从夏到秋几个月都盛开不败，就算是花落了结了莲蓬，也“亭亭独立”，别有情致。李渔和李商隐的审美情趣迥异，李商隐说“留得枯荷听雨声”，李渔却说“霜中败叶，零落难堪，似成弃物矣”。

以上是荷花的观赏价值，接着李渔又说可鼻可口之处，荷叶、荷花送香而来，莲子、白藕则是盘中佳肴，就算是前面被李渔讨厌的枯荷之叶，也可以用来包东西用，比塑料袋要环保。

李渔在文章最后这样总结：

是芙蕖也者，无一时一刻不适耳目之观，无一物一丝不备家常之用者也。有五谷之实，而不有其名；兼百花之长，而各去其短。种植之利，有大于此者乎？

确实，从古至今，一提起荷花，几乎没有人不喜欢，历朝历代咏荷写荷的诗词也多不胜数。在古诗词中，牡丹往往像个雍容性感的贵妇，梅花则像是刚而有节的烈女，而荷花呢，简直是个演技派明星，她可以变身为多重角色，实在令人啧啧称奇。

《聊斋志异》中写一女子精通易容之术，可以装扮成多种姿容："对镜修妆，效飞燕舞风，又学杨妃带醉。长短肥瘦，随时变更；风情态度，对卷逼真。"扮谁就像谁，今天扮赵飞燕，明天扮杨贵妃，后天可能再扮西施、貂蝉什么的。这可把她男人宗喜乐坏了，他说："吾得一美人，而千古之美人，皆在床闼矣！"而百花之中，身兼多重角色，似有此术者，唯荷花而已。

清　佚名
荷花缂丝轴

缂丝，又称刻丝，是一种挑经显纬，极具欣赏装饰性的丝织品，常以名人绘画为稿本，由于其独特工艺，甚至能达到原作所不及的效果。这幅缂丝画虽然没有留下作者的姓名，但色彩雅丽，线条精谨，画面也十分写实传神。从收藏印"宣统御览之宝"来看，当是晚清时的作品。现藏台北故宫博物院。

若耶溪傍采莲女（角色之一：小家碧玉）

“江南可采莲，莲叶何田田”，在荷花盛开的水乡里，总少不了采莲姑娘的身影。刘方平的《采莲曲》中道：“落日清江里，荆歌艳楚腰。采莲从小惯，十五即乘潮。”王维也写道：“日日采莲去，洲长多暮归。开篙莫溅水，畏湿红莲衣。”

唐代的李康成与刘长卿是同时代人，名气并不大，估计好多朋友都没听说过他，但他的这首《采莲曲》却写出了采莲女子的款款柔情和满塘荷花的曼妙身姿：

采莲去，月没春江曙。翠钿红袖水中央，青荷莲子杂衣香。云起风生归路长。归路长，那得久，各回船，两摇手。

这首词写采莲女子泛舟水上，宛如一朵朵盛开的荷花一样清新美丽，然而，在云起风生的时候，她不得不和相爱的人儿分手，回家的归路还远，相逢的时光是那样短暂，但无奈无奈，正好“各回船，两摇手”，就这样简单地告别，留下永久的回忆。

在不少诗人笔下，荷花和舟上的少女恍若一体。如王昌龄的《采莲曲》中就写：“荷叶罗裙一色裁，芙蓉向脸两边开。乱入池中看不见，闻歌始觉有人来。”李白也写道：“若耶溪傍采莲女，笑摘荷花共人语。日照新妆水底明，风飘香袂空中举……”

这种手法被金庸金大侠学了去，在《天龙八部》里，阿碧姑娘出场时的布景是这样的：

湖面绿波上飘来一叶小舟，一个绿衫少女手执双桨，缓缓划水而来，口中唱着小曲，听那曲子是：“菡萏香连十顷陂，小姑贪戏采莲迟。晚来弄水船头湿，更脱红裙裹鸭儿。”歌声娇柔无邪，欢悦动心。

阿碧所唱的诗句是晚唐皇甫松的，同样表现了采莲女儿们娇憨可爱的模样。

清　陈枚
月曼清游图之
碧池采莲

陈枚（约1694—1745），字载东，号殿抡，晚号枝窝头陀，娄县（今上海市松江）人。宫廷画家。

《月曼清游图》于乾隆三年（1738年）绘成，描绘了宫廷嫔妃们一年十二个月的深宫生活。此幅画的是六月场景。现藏故宫博物院。

有趣的是，有些采莲姑娘有心和荷花比一比谁更漂亮，正像王昌龄的一首诗中所说：

> 越女作桂舟，还将桂为楫。湖上水渺漫，清江不可涉。
>
> 摘取芙蓉花，莫摘芙蓉叶。将归问夫婿，颜色何如妾。

“将归问夫婿，颜色何如妾”，诗中的“越女”自信满满。确实，钟灵毓秀的她正像“清水出芙蓉，天然去雕饰”的荷花一样纯真可爱。

莲心知为谁苦（角色之二：苦情女子）

莲，谐音“怜”；荷，谐音“合”；藕，谐音“偶”；而藕断有丝，谐音“思”。说来说去，荷花总离不开男女情爱。苏轼有一首回文体的《菩萨蛮》，其中道：“手红冰碗藕，藕碗冰红手。郎笑藕丝长，长丝藕笑郎。”就是借鉴了这种谐音。辛弃疾的词中也说：“占断人间六月凉，期月鸳鸯浦。根底藕丝长，花里莲心苦。只为风流有许愁，更衬佳人步。”连素以豪放著称的苏辛都变得情丝缱绻起来，可见莲花的魅力。

传诵千载的《西洲曲》读来依然令人怦然心动：

……开门郎不至，出门采红莲。采莲南塘秋，莲花过人头。低头弄莲子，莲子青如水。置莲怀袖中，莲心彻底红。忆郎郎不至，仰首望飞鸿……

要知道，莲心是苦的，无情不似多情苦。清代嫁给不识字的村汉后，受折磨而死的才女贺双卿写道：“莲子有心秋正苦。”又有诗道：“菱芡争欺菡萏贫。”《红楼梦》中也有诗：“池塘一夜秋风冷，吹散芰荷红玉影。”此时的荷花，更像是一位悲情女子。元好问有一首词名为《摸鱼儿》，以莲为喻，写出天下苦情儿女的心声：

问莲根、有丝多少？莲心知为谁苦？双花脉脉娇相向，只是旧家儿女。天已许，甚不教、白头生死鸳鸯浦。夕阳无语。算谢客烟中，湘妃江上，未是断肠处。　　香奁梦、好在灵芝瑞露。人间俯仰今古。海枯石烂情缘在，幽恨不埋黄土。相思树，流年度，无端又被西风误。兰舟少住。怕载酒重来，红衣半落，狼藉卧风雨。

这首词的前面有一篇小序文，其中说：“泰和中，大名民家小儿女，有以私情不如意赴水者，官为踪迹之，无见也。其后踏藕者得见二尸水中，衣服仍可验，其事乃白。是岁此陂荷花开，无不并蒂者。”

这些受封建礼教迫害，生前不得为偶的痴男怨女，死后的精魂化作了一朵朵并蒂莲花。“古今情不尽，风月债难酬”，我想，如果有人问莲根有丝多少，莲心有苦多少，只有那些为爱所困、为情所苦的人们才能知晓。然而，他们不悔，只为心中那朵盛开的莲花。

南宋　吴炳
出水芙蓉图

吴炳（1595—1648），字可先，号石渠，晚年又自称“粲花主人”，江苏宜兴宜城镇人。南宋院体花鸟画的代表人物。

画上绘一朵粉红色荷花，衬以碧绿的荷叶。布局、设色有宋画的典雅之美，凸显了荷花“出淤泥而不染，濯清涟而不妖”的君子气质。现藏故宫博物院。

脸腻香熏似有情（角色之三：绝代佳人）

“朝为越溪女，暮作吴宫妃”，正如江边的浣纱女施夷光，一入馆娃宫就成为倾倒众生的王妃西施一样，荷花在不少诗人的生花妙笔下，也一跃成为惊艳佳人。

李白有诗：“魏都接燕赵，美女夸芙蓉。”白居易也有诗：“芙蓉如面柳如眉。”荷花的风姿，绝对配得上历代倾国倾城的美人。当然了，不但比喻美女用得上荷花，就连美男也可以用莲花来形容，唐代武则天时的“两脚狐”宰相杨再思就有一句精致的马屁——“莲花似六郎（武则天的男宠张昌宗）”。

吴越之地是江南水乡，自然随处可见荷花映日、碧叶连天，所以，将生长于吴越之地的大美人西施比作荷花，是十分顺理成章的事情。皮日休的《咏白莲》诗中写道：“吴王台下开多少，遥似西施上素妆。”元代胡祗遹的《水调歌头·赏白莲招饮》上阕写道：

妖娆厌红紫，来赏玉湖秋。亭亭水花凝伫，万解冷香浮。初讶西风静婉，又似五湖西子，相对更风流。翠涧宝钗滑，重整玉搔头。

相传西施是非常喜爱荷花的，未入吴宫前的西施不单在江边浣纱，也时常身入荷花荡中采莲。李白有诗道：“镜湖三百里，菡萏发荷花。五月西施采，人看隘若耶。回舟不待月，归去越王家。”就是说西施采莲时，人们挤着看不够，连若耶溪都“交通堵塞”了。

据说吴王夫差知道西施爱莲，便在太湖之滨的离宫里修了“玩花池”，移种野生红莲，开栽荷花供观赏之首例。赵义夫的词中说：“望红渠影里，冉冉斜阳……尚忆得西施，余情袅袅烟水汀。”传说，吴亡后西施被沉于湖中而死——“肠断吴王宫外水，浊泥犹得葬西施”。所以那一朵朵生于污泥之中却美若仙子的荷花，正是西子的精魂所化。

也有人将荷花比作“四大美女”中的另一位——杨玉环。宋代吕同老的《水龙吟·白莲》写道："素肌不污天真，晓来玉立瑶池里。亭亭翠盖，盈盈素靥，时妆净洗。太液波翻，霓裳舞罢，断魂流水……"从"霓裳舞罢"之类的语句看，这是将荷花比作杨贵妃了。

其实，吕同老也是拾人牙慧，且不说唐代崔橹的《残莲花》一诗云"倚风无力减香时，涵露如啼卧翠池。金谷楼前马嵬下，世间殊色一般悲"，唐明皇李隆基和杨贵妃当年打情骂俏时，就早已把荷花叫作"玉环"了。在荷花的众多别名里，就有"玉环"一名。来历见《开元天宝遗事》所载：

明皇秋八月，太液池有千叶白莲数枝盛开。帝与贵戚宴赏焉，左右皆叹羡。久之，帝指贵妃，示于左右曰："争如我解语花？"

这里说，宫里观赏莲花时，唐明皇当着众多皇亲贵戚的面，手指杨贵妃对左右说："千叶白莲又怎能比得上我解语花一样的爱妃呢？"由此，后人反过来用杨妃的名字"玉环"雅称荷花。

《西京杂记》记载："文君姣好，眉色如望远山，脸际常若芙蓉，肌肤柔滑如脂。"这里是把卓文君比作荷花，而反过来将荷花再比成文君的也有不少。如隋代辛德源所写《芙蓉花》：

洛神挺凝素，文君拂艳红。丽质徒相比，鲜彩两难同。

光临照波日，香随出岸风。涉江良自远，托意在无穷。

诗中还同时将荷花比成洛神。温庭筠也有同样的比喻：

绿塘摇滟接星津，轧轧兰桡入白苹。应为洛神波上袜，至今莲蕊有香尘。

唐代郭震则又将荷花比喻成湘妃：

脸腻香熏似有情，世间何物比轻盈。湘妃雨后来池看，碧玉盘中弄水晶。

其他还有将荷花比成大乔、小乔等美女的，这里就不一一列举了。

莲叶舟中太乙仙（角色之四：仙佛之宝）

道家崇尚自然，而“清水出芙蓉，天然去雕饰”的荷花就成为仙人仙女们手中常见的道具。“西上莲花山，迢迢见明星。素手把芙蓉，虚步蹑太清。霓裳曳广带，飘拂升天行……”李白诗中所描绘的神女飞天图中，最引人注目的就是芙蓉的形象了。

南宋　赵伯驹
飞仙图（局部）

赵伯驹，生卒年不详，字千里。宋宗室，宋室南渡后流寓钱塘（今浙江杭州）。工山水、花果、翎毛、楼台，尤善青绿山水。

画上一位云中仙人手持荷花，乘坐祥龙，翱翔于山海云雾之中。现藏台北故宫博物院。

李白有诗夸赞一个出家的女道士："吴江女道士，头戴莲花巾。霓衣不湿雨，特异阳台云……"可见修道女子也用莲花巾做头上的装饰。八仙之中的何仙姑，出场时也常常手持荷花，并有诗曰："凤台云母似天花，炼作芙蓉白云芽。"民间绘图时，有时用八仙手中的器物来代表，称之为"暗八仙"，而代表何仙姑的正是一朵荷花，所谓"手执荷花不染尘"，代表修身养性。

元代成廷珪有一首七律，《射雕英雄传》中曾引录，还让全真七子出场时分角色朗读过，其中一联道："海棠亭下重阳子，莲叶舟中太乙仙。"的确，那"剔肉还母、剔骨还父"后的小哪吒，重生时也是借了莲花化身。《红楼梦》中，宝玉也期盼晴雯的精魂去做了"芙蓉花神"……

莲花与佛教的关系也十分密切。尘世污浊，犹如淤泥，而向佛之人心性正大光明，正似出于污泥却明艳盛开的莲花。佛陀、菩萨们的标准姿态就是端坐在莲花宝座之上，不少菩萨或手执莲花，或脚踏莲花，或作莲花手势，或在抛撒莲花。佛座称为"莲台"。西方极乐世界，称为"莲邦"。《阿弥陀经》描写西方极乐世界时说："极乐国土有七宝池，八功德水……池中莲花大如车轮。"所以佛国亦称"莲花国"。佛教庙宇称为"莲刹"；释迦牟尼的手称为"莲花手"；僧尼受戒称"莲花戒"；僧尼之袈裟称"莲花衣"，谓清净无杂之义；五智中的妙观察智称为"莲花智"；称善于说法者为"舌上生莲"；谓苦行而得乐为"归宅生莲"；东晋东林寺慧远大师创立的我国最早的佛教结社称为"莲社"；佛教净土宗主张以修行来达到西方的莲花净土，故又称"莲宗"……可以说莲即是佛，佛即是莲。

这在古诗中当然也有所体现。孟浩然有诗，名为《题大禹寺义公禅房》，写一位大德高僧：

义公习禅处，结构依空林。户外一峰秀，阶前群壑深。

夕阳连雨足，空翠落庭阴。看取莲花净，应知不染心。

"看取莲花净，应知不染心"，后来成为千古流传的名句，也代表了莲花的佛家意象。

制芰荷以为衣兮（角色之五：花中君子）

爱国诗人屈原曾在汨罗江头高歌：“制芰荷以为衣兮，集芙蓉以为裳。”这应该是荷花清高形象的源流。当然，荷花“君子形象”的正式确立，还要归功于宋代周敦颐所作的《爱莲说》：

……晋陶渊明独爱菊；自李唐来，世人盛爱牡丹；予独爱莲之出淤泥而不染，濯清涟而不妖，中通外直，不蔓不枝，香远益清，亭亭净植，可远观而不可亵玩焉。予谓菊，花之隐逸者也；牡丹，花之富贵者也；莲，花之君子者也。……

“出淤泥而不染，濯清涟而不妖”和“富贵不能淫，贫贱不能移”的儒家君子之风相去几何？所以莲花被誉为“花中君子”，也是实至名归。

荷花独生于水上，不和俗艳的桃李们为伍，不赶在春意盎然的季节开放，勾引得蜂狂蝶乱。这种飘飘然若遗世独立的高士之风，也让众多诗人为之折腰。李白别号青莲居士，他的这首《古风》不啻其自况：

碧荷生幽泉，朝日艳且鲜。秋花冒绿水，密叶罗青烟。
秀色空绝世，馨香竟谁传。坐看飞霜晚，凋此红芳年。
结根未得所，愿托华池边。

人迹罕至的幽泉之畔，一朵莲花绽放，可惜无人观赏，寂寞中，一生匆匆而过。这是无数怀才不遇的高士们的缩影。

晚唐寒士高蟾，“性倜傥离群，稍尚气节，人与千金无故，即身死不受”，但那时科举已无公平可言，营私舞弊，高蟾反而落第。榜上无名的高蟾愤而写下了《下第后上永崇高侍郎》：

天上碧桃和露种，日边红杏倚云栽。芙蓉生在秋江上，不向东风怨未开。

高蟾这里用孤标傲世、不向东风乞怜献媚的芙蓉来借喻坚持君子气节的自己，实在是非常恰当，这也是此诗当时就闻名天下的主要原因。

凌波独立的莲花，在不少诗人的笔下多少有着曲高和寡的寂寞、无情有恨的伤感。如晚唐陆龟蒙的《白莲》诗：

素花多蒙别艳欺，此花端合在瑶池。无情有恨何人觉？月晓风清欲堕时。

清 孙师昌
荷花图

孙师昌，生卒年不详，字禹言，四川晋安（今四川西南）人。工画竹、善花鸟。

画上最为醒目的是一朵盛开的白莲，和陆龟蒙诗中的白莲寥落自怜的情境有所不同，此画上一只小鸟飞来，充满怜顾之情，算是弥补了白莲孤清无依的遗憾吧。

白莲有何恨？大概正如《论语》中所说：“君子疾没世而名不称焉。”君子担忧的是到离世的时候，自己的名字还不被人所知、为人称颂啊。是啊，月晓风清之时，白莲却要坠落，结束她短短的一生，无人欣赏，为谁开，又为谁落？

据说百花的生日都是旧历二月十二日，唯一不同的就是荷花，荷花的生日是六月二十四日。这虽然是没有什么根据的传说，但是也反映了荷花“众人皆醉我独醒，举世皆浊我独清”的孤高不群的气质。清代才女方婉仪自号白莲居士，恰好她的生日也是六月二十四，因此有诗：

冰簟疏帘小阁明，池边风景最关情。淤泥不染清清水，我与荷花同日生。

曹植曾在《芙蓉赋》中赞荷花：“览百卉之英茂，无斯华之独灵。”荷花作花中君子，是当之无愧的。

南北朝时，北魏大将陈伯之因梁朝丘迟修了一封极赞江南美景的招降书，就率兵八千归降，江南的魅力如斯，可慕可叹。钱塘因“三秋桂子，十里荷花”而诱人，西湖因“接天莲叶无穷碧，映日荷花别样红”而美丽，迷人的江南景色少不了这迷人的荷花。

最后，让我们的心跟着周邦彦的一首词，荡入那荷风送香气的芙蓉浦中：

燎沉香，消溽暑。鸟雀呼晴，侵晓窥檐语。叶上初阳干宿雨，水面清圆，一一风荷举。　故乡遥，何日去？家住吴门，久作长安旅。五月渔郎相忆否？小楫轻舟，梦入芙蓉浦。

（《苏幕遮》）

七月花令

QI YUE HUA LING

紫薇浸月

十八

月钩初上紫薇花

现在人们一提起紫薇，就不禁想起《还珠格格》里端庄清丽、高贵娴雅的紫薇格格，对紫薇这种花也多了几分倾慕之情。然而，紫薇在古时并不特别为人看重，袁宏道的《瓶史》中就说："石榴以紫薇、大红、千叶、木槿为婢。"紫薇花的地位居然还不如石榴，落到给石榴当丫头的份儿了。不过话说回来，这也不稀奇，《还珠格格》里的紫薇不也当了一回小燕子的丫头嘛。

薄薄嫩肤搔鸟爪

紫薇是一种花树，树身比较矮小，半乔木、半灌木，北方有些地方叫紫薇树为“猴刺脱”，是说紫薇年年自行脱皮，树上的表皮脱落以后，树干新鲜而光嫩，因为摩擦系数实在太小，连猴子都爬不上去。但此名土得掉渣，实在难听。

另外，还有把紫薇叫作“痒痒树”的。因为只要人们轻轻抚摸一下紫薇树，该树就立即枝摇叶动，浑身颤抖，甚至会发出微弱的“咯咯”响声，好像被人

南宋　卫昇
写生紫薇

卫昇，生卒年不详。

本幅选自《宋元集绘册》。画中紫薇由左下方挺出，花红叶绿，欣欣向荣。蕊丝如穗的花心、皱褶细碎的花瓣与椭圆饱满的花苞，都成功捕捉了紫薇的特色。

明　陈淳
紫薇扇面

画上一枝紫薇花正在盛开，色彩艳丽，衬以扇面左侧墨色山石，相映成趣。现藏台北故宫博物院。

挠痒痒挠笑了一样，甚是好玩，和含羞草有一比。但是比起“含羞草”的名字来，“痒痒树”这个名字不免太过俚俗了。

古诗人也大多知道这件事儿，宋代梅尧臣有诗曰：“禁中五月紫薇树，阁后近闻都著花。薄薄嫩肤搔鸟爪，离离碎剪晨曦霞。”南宋诗人董嗣杲更是写道：

枝干无皮痒有身，朱房翠户演精神。星垣光射开花地，纶阁香侵视草臣。
肘肘紫蕤飞烈日，心心黄粟舞晴尘。何从借取麻姑爪，莫厌爬搔此树频。

不知董嗣杲和紫薇花有何仇何怨，明知道紫薇怕挠痒痒，还要让仙人麻姑那双长爪子来挠，还得“莫厌爬搔此树频”看来不少诗人见了紫薇树，都想着上来挠一下。清代陈维崧在《定风波·紫薇花》一词中，就又提到了这档子事：

一树曈昽照画梁，莲衣相映斗红妆。才试麻姑纤鸟爪，袅袅，无风娇影自轻飏。　　谁凭玉阑干细语？尔汝。檀郎原是紫薇郎。闻道花无红百日，难得。笑他团扇怕秋凉。

周瘦鹃先生曾评这首词说："上半阕还不差，而下半阕来了个紫薇郎，就感到减色。"看来周先生也是喜欢开玩笑挠紫薇树的人，我觉得下半阕也挺好啊，"紫薇郎""阑干细语"如果有紫薇花仙的话，她肯定更喜欢这样的情调。

接下来，我们就看一下"紫薇郎"这个掌故的由来。旧时把天上的恒星划为紫微垣、太微垣、天市垣三个星区，其中紫微垣大致相当于现今国际通用的小熊、大熊、天龙、猎犬、牧夫、武仙、仙王、仙后、英仙、鹿豹等星座。

紫微星就是北极星。一年四季的哪一晚看，北极星都出现在同一个位置（正北天空当中，高度角和当地纬度相同），而且北极星正对着地轴，看起来天上群星都绕着它旋转。所以古人就把皇帝比喻为北极星，而紫微垣所在的区域就比喻成天宫。由此，又将皇帝居住的内城称为紫禁城。

唐代实行三省六部制，其中中书省是制定政策的机构，权力很大。唐史中有"同中书门下平章事"名号的人，实际上就是宰相之职。中书省设在皇宫内，所以有段时间中书省也叫紫微省，中书令也称为紫微令。而因为紫薇花名与"紫微"相似，所以唐代中书省的庭院中遍植紫薇。

白居易曾做过中书舍人，相当于中书省机构中的一个小职员（正五品上下），在当时，也有夜间值班制度。这天轮到白居易独自在宫中值班，寂寞之余，他就写下了《紫薇花》这首诗：

丝纶阁下文书静，钟鼓楼中刻漏长。独坐黄昏谁是伴？紫薇花对紫微郎。

"丝纶阁"是撰拟朝廷诏令的地方，现在是夜晚了，安静下来了，白居易独坐黄昏，相对的只有紫薇花而已。因为中书省叫紫微省，所以白居易这个中书舍人就称为紫微郎了。在宫里宿直，是不可以带家属的，唐代开成年间曾有一个叫张黔牟的值班时带了女人同宿，受到降职处分。白居易独宿宫中，不免孤单寂寞。

但不同的人，心情也大不同。晚唐宰相郑畋的《中秋月直禁苑》一诗就这样写：

禁署方怀忝，纶闱已再加。暂来西掖路，还整上清槎。

恍惚归丹地，深严宿绛霞。幽襟聊自适，闲弄紫薇花。

“幽襟聊自适，闲弄紫薇花”，郑畋一副怡然自得的心态。其实想想也很简单，郑畋做的是宰相，大权在握，位高已极，当然值班时更有责任心和使命感，而白居易本来就对“中书舍人”这个职位不满意，值班时当然也就一肚子郁闷了。

南宋诗人洪咨夔的工作热情则比白居易强得多，有《直玉堂作》一诗：

禁门深锁寂无哗，浓墨淋漓两相麻。唱彻五更天未晓，一墀月浸紫薇花。

这里洪咨夔写自己连夜加班写诏书，在天明之前就早早完成了皇帝交给的光荣任务，可以放轻松了，望着月下美丽的紫薇花，心情真是好惬意啊！

与之类似的还有周必大的这首《入直召对选德殿赐茶而退》：

绿槐夹道集昏鸦，敕使传宣坐赐茶。归到玉堂清不寐，月钩初上紫薇花。

这位周大人被皇帝叫到选德殿问了一会儿话，周大人的应答很合皇帝的心意，于是皇帝破例赐座赐茶。周必大回到翰林院后乐得失眠了，看着月下的紫薇花，兴奋得一宿没合眼。

《千家诗》中的这两首诗，今天看其实没多大意思，洪、周二人的诗中一副奴才相，无非是感谢皇恩罢了。

清　恽怀娥
紫薇桂花图轴

恽怀娥，生卒年不详，号纫兰，武进（今江苏常州）人。画家恽寿平的族孙女。

古时，人们觉得紫薇花和攀宫折桂的桂花都有当官为宦的吉祥寓意。这幅画正是反映了这种美好的愿望。现藏故宫博物院。

岂要移根上苑栽

紫薇花的生命力很强，天南地北到处能生长，不是那种很娇气的花儿，所以紫薇花不会只在紫禁城中才能见到。然而，既然紫薇花沾着官气，她沦落到民间时，有些诗人就有些耿耿于怀了。如陆游就作诗说：

钟鼓楼前官样花，谁令流落到天涯？少年妄想今除尽，但爱清樽浸晚霞。

陆游看到了生长在乡野的紫薇花，正如白乐天在浔阳江头遇到琵琶女一样，大起同病相怜之感，说紫薇本是朝廷内的“官样花”，如今却沦落在外。陆游当时年纪已老，再也没有希望进入最高权力机关效力了，最后只好发出借酒浇愁的感叹。

诗人多落魄，像前面所举的白居易、洪咨夔、周必大等能进入朝廷的是少数。杨万里就发出这样的感慨：

晴霞艳艳复檐牙，绛雪霏霏点砌沙。莫管身非香案吏，也移床对紫薇花。

“莫管身非香案吏，也移床对紫薇花”，意思是说，虽然咱当不了国家最高行政机关的大官，但还是能亲近一下紫薇花啊。

要不说杨万里是二流诗人呢，这气度比李太白差着一大截哪，就他这学白居易“紫薇郎对紫薇花”的样儿，一流大诗人的交椅上就没他的位子。

不少诗人都觉得紫薇花只有种在皇宫大内才算得其所哉。例如刘禹锡的《和令狐相公郡斋对紫薇花》一诗说：

明丽碧天霞，丰茸紫绶花。香闻荀令宅，艳入孝王家。

几岁自荣乐，高情方叹嗟。有人移上苑，犹足占年华。

诗中先是称赞紫薇花的美丽馨香，最后感慨“有人移上苑，犹足占年华”，觉得只有被植于皇家花园中，才不算虚度这一生。

然而，李商隐却独持异议，他觉得紫薇花无论生长在哪里都有荣枯开谢，天涯海角，何其广大，长在哪里不一样呢？于是他写了《临发崇让宅紫薇》一诗：

一树浓姿独看来，秋庭暮雨类轻埃。
不先摇落应为有，已欲别离休更开。
桃绥含情依露井，柳绵相忆隔章台。
天涯地角同荣谢，岂要移根上苑栽。

“天涯地角同荣谢，岂要移根上苑栽”，说得非常好，生长在皇宫大内，成为“官样花”，对紫薇来说，真的是幸运吗？可能倒不如生在无人看管的野外，更能自由蓬勃地生长。

清　朱偁
紫薇双鸭图

朱偁（1826—1900），字梦庐，号觉未，浙江嘉兴人。海上画派写意花鸟的重要代表人物。

画上两棵紫薇从右下横出，粗壮的枝干上花繁叶茂，有写实之感。上题：“乙酉夏六月初吉时，午睡方觉。绿荫垂帘，荷香满座。信笔写此以遣漫兴，梦庐并记。”现藏旅顺博物馆。

紫薇长放半年花

紫薇花开时，正是百花谢尽、夏季已至时。白居易有诗："独占芳菲当夏景，不将颜色托春风。"这时盛开的紫薇花给夏天增添了不少颜色。而且紫薇花期极长，可以从六月开至九月，正如明代薛蕙诗中所说："紫薇花最久，烂熳十旬期。夏日逾秋序，新花续放枝。"杨万里也有诗说："似痴如醉弱还佳，露压风欺分外斜。谁道花无红十日，紫薇长放半年花。"因此，紫薇又有"百日红"之称。

杜牧有首写《紫薇花》的诗，得到不少评者赞赏：

晓迎秋露一枝新，不占园中最上春。桃李无言又何在，向风偏笑艳阳人。

杜牧虽然也做过中书舍人，是如假包换的紫薇郎，但此诗却不沾"官气"，写的是紫薇花不与群芳百卉争春，而在桃李凋谢、绿肥红稀之际独放光华，隐隐有"国乱识忠臣"的意思，和"东风不与周郎便"等诗句所隐的意思类似。

紫薇的适应性很强，花期又长，很适合种入庭院或绿地作园林花卉。紫薇花的枝条细软、曲折、光洁，花朵却繁盛如锦似霞，而且微风一来，花枝乱颤，正如《广群芳谱》中所赞"舞燕惊鸿，未足为喻"，实在是很不错。

有时候真希望回到古时，过晏殊这首《清平乐》里的生活，有一个幽静的庭院，有梧桐、朱槿和紫薇陪着我度过那些写写诗、做做梦的日子：

金风细细，叶叶梧桐坠。绿酒初尝人易醉，一枕小窗浓睡。　紫薇朱槿花残，斜阳却照阑干。双燕欲归时节，银屏昨夜微寒。

八 BA 月 YUE 花 HUA 令 LING

桂花香飘

十九

冷露无声湿桂花

桂花，又称木樨，也是在古诗中频繁登场的名花。清人李渔在《闲情偶寄》中说：“秋花之香者，莫能如桂，树乃月中之树，香亦天上之香也。”

要说这桂花的香气着实是浓烈馥郁，宋人张邦基在《墨庄漫录》中描绘道：“木而花大，香尤烈……清晓朔风，香来鼻观，真天芬仙馥也。湖南呼九里香……”宋人邓肃也在《岩桂》诗中说：“清芬一日来天阙，世上龙涎不敢香。”

“龙涎香”是什么？那可是一种相当珍贵的香料，点燃后香气持久不散。这龙涎香呈蜡状，生成于抹香鲸的肠道中。而且从刚死去的抹香鲸体内取出的龙涎香是没有任何价值的，必须是鲸死后，保留在海水中漂浮浸泡几十年后取出的龙涎香才有价值，好的龙涎香块在百年以上。而在这里，诗人竟然说桂花的香气远远胜过“龙涎香”，虽然有所夸张，但桂花香气不俗却是事实。

桂花吹断月中香
——桂花的云外天香

虽然男有吴三桂、贾桂，女有夏金桂，把桂花的名誉弄得很不好，然而，在古诗词中，桂花的形象却绝对是伟大光明的。宋赵长卿有词云：“看天阔、秋高露华清，见标致风流，更无尘意。”

有道是“八月桂花香”，大多数桂花如“金桂”“银桂”“丹桂”都是在秋天开花的。但王维的那首“人闲桂花落，月静春山空”，也不能算是有误，因为有一种叫作“四季桂”的常年开花，又名“月月桂”或“日香桂”。

人们常见的桂花还是多飘香于中秋之际，圆圆的明月映着金色的桂花，引起人们无尽的遐想。宋代张镃有一首词说：“初开数朵谁知得，却又是、金风漏泄。吹起清芬，露成香露，月成香月。”人们居然幻想月亮中也有棵桂树，因此又有了吴刚和桂花树的神话。这段神话见于唐代段成式的《酉阳杂俎·天咫》：“旧言月中有桂，有蟾蜍。故异书言月桂高五百丈，下有一人常斫之，树创随合。人姓吴名刚，西河人，学仙有过，谪令伐树。”原来吴刚是犯了过错的神仙，被贬到月宫做苦力。

白居易有诗云：“遥知天上桂花孤，试问嫦娥更要无。月宫幸有闲田地，何不中央种两株。”这首诗只惦念着嫦娥的孤单，却把吴刚这茬给忘了，一棵桂花树就够吴刚砍的了，再种一株，吴刚的工作量不是翻了一番吗？读此诗时，可批以下五字：“吴刚定要恼。”当然了，吴刚属一跑龙套的小配角，诗人们惦念他的少，桂花和嫦娥才是主角。钱谦益的《后秋兴》诗也只是可怜嫦娥的孤栖：“嫦娥老大无归处，独倚银轮哭桂花。”

南朝沈约有诗：“桂宫袅袅落桂枝，露寒凄凄凝白露。”每逢明月朗照的中秋，人们望着天上的明月，沉浸在桂花的香气之中，仿佛那香气是从月中飘下来的。宋之问也有诗：“桂子月中落，天香云外飘。”中秋时节，是不可以缺少桂花

清　冷枚
梧桐双兔图

冷枚（约 1669—1742），字吉臣，号金门画史，山东胶州人。宫廷画家。

画上有一株桂树，桂花绽放，两只白兔在草地上嬉戏，观之有身处月宫之感，似能嗅到桂花的天香从远处飘来。现藏故宫博物院。

之香的。王建的这首《十五夜望月寄杜郎中》历来被传为佳作：

中庭地白树栖鸦，冷露无声湿桂花。今夜月明人尽望，不知秋思落谁家。

桂花似乎和中秋明月有一种灵犀相通的关系，中秋月正明之时，她就盛开，而随着中秋之月渐渐清损，桂花也凋落了。宋代才女朱淑真有首诗说“月待圆时花正好，花将残后月还亏”，正是道出了此情此景。

宋代韩子苍诗曰：“月中有客曾分种，世上无花敢斗香。”杨万里也有诗说：

清　蒋廷锡
桂花轴

画上题："坐望中秋月正圆，玲珑丹桂植当天。无私普照八荒外，皎洁清光云汉边。中秋望月。"钤有"佩文斋""康熙宸翰""保合太和"之印。现藏台北故宫博物院。

"不是人间种，移从月中来。广寒香一点，吹得满山开。"桂树的身份因此相当高，俨然"仙树"，仿佛是月宫里派下来的。《红楼梦》中夏金桂学帝王们搞避讳的架子，曾命自己的丫头称桂树为"嫦娥花"，虽然没有叫开，人们也因反感夏金桂而不愿接受这样的叫法，但别说，宋代词人中也有不少以嫦娥来形容桂花树的，如赵师侠的《伊州三台·丹桂》：

桂华移自云岩，更被灵砂染丹。清露湿酡颜，醉乘风、下临世间。　素娥襟韵萧闲，不与群芳并看。簌簌绛绡单，觉身轻、梦回广寒。

折桂一枝先许我
——蟾宫折桂的喻义

在前面的杏花篇中曾提到，古时读书人常以“何物动人，二月杏花八月桂”来激励自己苦读。旧时科举考试的初级选拔——乡试是在金秋八月举行的，正是桂花飘香的时节，所以人们将榜上有名称为“月中折桂”或“蟾宫折桂”。《红楼梦》第九回中林黛玉听说贾宝玉要上学了，就笑道：“好！这一去，可定是要蟾宫折桂去了。”林妹妹的语气，半是祝福，半是调侃。

唐代书生登第后，不少人去长安的平康里（妓院云集之处）冶游，妓女们对这些“蟾宫折桂”的书生们也高看一眼。裴思谦登第后“以红笺名纸谒平康”，一名妓女写给他这样一首诗：

银釭斜背解明珰，小语偷声贺玉郎。从此不知兰麝贵，夜来新惹桂枝香。

“夜来新惹桂枝香”，这名青楼女子觉得能和这位“一登龙门，身价百倍”的才俊春宵一度，似乎沾上了福气、香气一般。

“攀桂”或“折桂”，都是古诗中常见的词，也是无数读书人心中梦寐以求的事情。唐代诗人畅当曾说：“又期攀桂后，来赏百花繁。”高中之后，再来赏玩，那才痛快啊！而那些“名场失手一年年，月桂尝闻到手边”的落第书生们，也都把桂花当作吉祥物供着，“蟾宫折桂”的吉祥图案和“杏林春燕”一样，都是读书人最喜欢的。苏州耦园中有储香馆一处，此馆庭中遍植桂树，每至秋季，桂花清香四溢，原为园主人子嗣读书之所，以勉励子孙勤奋学业，将来可以攀桂题名。

桂花的“桂”字和“贵”字同音，所以人们在绘画时，也将桂花和牡丹一样，当作富贵元素。

有些诗人当然不会这样直白，毕竟有些俗嘛。像杨万里的这首诗就写得很好：

清　马荃
白头荣贵图

马荃，生卒年不详，字江香，江苏常熟人。

画上两只白头翁鸟，象征白头到老，而桂花树，就代表着富贵。上题：“白头荣贵，癸丑长至江香马荃写。”现藏天津博物馆。

梦骑白凤上青空，径度银河入月宫。身在广寒香世界，觉来帘外木犀风。

木犀即指桂花。此诗既狂放浪漫，又图了个步月折桂的口彩，实在是高！

杨万里二十来岁就中了进士，当然是春风得意，这首诗也写得奔放如流，而困顿于科场的文徵明，其笔下的《念奴娇》就低调得多，期盼祈祷之意更明显一些：

桂花浮玉，正月满天街，夜凉如洗。风泛须眉并骨寒，人在水晶宫里。蛟龙偃蹇，观阙嵯峨，缥缈笙歌沸。霜华满地，欲跨彩云飞起。　记得去年今夕，酾酒溪亭，淡月云来去。千里江山昨梦非，转眼秋光如许。青雀西来，嫦娥报我，道佳期近矣。寄言俦侣，莫负广寒沉醉。

所谓“青雀西来，嫦娥报我，道佳期近矣”，正是暗含着期盼榜上有名之意，只可怜文徵明从二十六岁直考到五十三岁，九次应试，竟都榜上无名！

要说还是辛弃疾气魄更大，在一首《太常引》里说：“乘风好去，长空万里，直下看山河。斫去桂婆娑，人道是，清光更多！”辛弃疾想直接把月宫的桂树砍了，让明月更亮一些。不过月亮是亮了，可叫后来的读书人怎么攀宫折桂啊！

自是花中第一流

要说评一下百花谁高谁低，这事见仁见智，不好说，桂花虽排前十绝对没问题，但也不似冠军相，其他如牡丹、梅花、荷花，实力也都相当强。当然，宋人郭应祥曾道：“渊明有菊径开三，不似此花雅淡。兰蕙芬敷可并，芙蓉浅俗堪嫌。”一下子把菊和芙蓉都贬到桂花之下。尤其值得一提的是，不知为什么，宋代的才女们也都非常推崇桂花。一代才女李清照对桂花那是格外偏爱，曾作《鹧鸪天》一词赞曰：

暗淡轻黄体性柔，情疏迹远只香留。何须浅碧深红色，自是花中第一流。梅定妒，菊应羞，画栏开处冠中秋。骚人可煞无情思，何事当年不见收。

李清照咏花之作不少，但被她推崇为“花中第一流”的却只有桂花而已。而且在桂花面前，李清照觉得连一向清高的“梅”和“菊”都要自惭形秽了。这并非李清照“浓睡不消残酒”后的一时冲动之举，她还有一首《摊破浣溪沙》，同样是贬梅花、尊桂花：

揉破黄金万点轻，剪成碧玉叶层层。风度精神如彦辅，太鲜明。　梅蕊重重何俗甚，丁香千结苦粗生。熏透愁人千里梦，却无情。

梅花都嫌俗，丁香太粗夯，桂花在这位绝世大才女的笔花映照下，实在是离尘绝俗，不愧“云外天香”之称了。李清照还有一首非常著名的词，也是《摊破浣溪沙》，叙述自己在老病之年和桂花相依相怜：

病起萧萧两鬓华，卧看残月上窗纱。豆蔻连梢煎熟水，莫分茶。　枕上诗书闲处好，门前风景雨来佳。终日向人多酝藉，木犀花。

宋代另一著名才女朱淑真亦有诗曰：

弹压西风擅众芳，十分秋色为伊忙。一枝淡贮书窗下，人与花心各自香。

这桂花，看来的确不比寻常。桂花花期比较短，开落匆匆，李渔在《闲情偶寄》中提到过此事，并有《惜桂》诗云：

万斛黄金碾作灰，西风一阵总吹来。早知三日都狼藉，何不留将次第开？

也许世间美好的事情总是一瞬。然而，我们总会记起，曾经有桂花香暗飘过。

清　蒋溥
月中桂兔图

蒋溥（1708—1761），蒋廷锡长子，字质甫，号恒轩，江苏常熟人。善画花卉，深得家传。

此画作于乾隆二十三年（1758年）中秋节。这一年乾隆皇帝在避暑山庄举行盛大的赏月活动，蒋溥现场作此画，以示祝贺。画上题满了诗，最上面是乾隆皇帝所题：“秋暖无端迟桂芳，缀枝初折几苞黄。玉魏静守冰轮朗，画出人间满意凉。”蒋溥和诗曰：“宸襟拈句发清芳，惭愧濡毫数点黄。恰遇山庄开寿宴，兔轮初上碧天凉。”在场的大臣们也纷纷题上和诗，刘统勋曰：“蕊珠颗颗领秋芳，风露连宵色染黄。驻景不烦寻玉杵，冰轮影现永清凉。”董邦达：“广寒高处落秾芳，颖映金枝浥露黄。正是敷天开寿域，重轮无际一天凉。”刘纶：“一株玉宇领巖芳，顾腹祥占抱珥黄。天咏题成广寒谱，云璈合与奏新凉。”介福：“玉兔爰爰守桂芳，金波湛湛着花黄。普天恰祝如恒寿，风露先披上苑凉。”这反映了从皇家到民间，无论满汉，对月中桂花都有着普遍的喜爱之情。现藏故宫博物院。

九月花令

JIU YUE HUA LING

菊有英

二十

菊花须插满头归

菊花，也是古典诗词、传统书画中常见的名花，有道是“春兰秋菊，各一时之秀也”。写此文时，是阳历11月末，院子中两盆金黄的菊花仍旧绽开着，然而，寒风中默默相对，总有一种凄凉憔悴的滋味。

秋天，是让人感伤的季节，李商隐道：“夕阳无限好，只是近黄昏。”而秋天在四季中，就如同一天中的黄昏时节。万木凋零，黄叶纷飞，寒气砭骨，秋虫哀鸣——这就是让人心生悲凉的寒秋。然而，菊花盛开的时节正是晚秋，她迎着寒霜盛开一地金黄，怎不叫人又喜又怜？

菊花的气质，幽独中透着伤感，清奇中掩着冷艳。元稹的《菊花》一诗道：“秋丛绕舍似陶家，遍绕篱边日渐斜。不是花中偏爱菊，此花开尽更无花。”小时候读此诗时，觉得“此花开尽更无花”有些夸张，菊花开过后，不是还有梅花在冬天怒放吗？元稹怎么把梅花给忘了呢？现在才明白，原来在自然条件下，梅花在北方是不会于冬月里开放的（在华北一般要二月份开，且野生梅很难成活），只有在江南、四川等地才会有冬梅。对于北方人来说，赏过金黄的菊花后，确实就将面临一个漫长而寥落的冬季。所以苏轼也说：“便有佳名配黄菊，应缘霜后苦无花。”

宁可抱香枝头老
——菊花的节操

爱国诗人陆游有《晚菊》一诗："蒲柳如懦夫，望秋已凋黄。菊花如志士，过时有余香。……"其夫人唐琬也写道："身寄东篱心傲霜，不与群紫竞春芳。粉蝶轻薄休沾蕊，一枕黄花夜夜香。"(唉，一对志同道合的夫妻却生生被拆散……无可奈何叹一声！)

众所周知，秋菊耐霜，在黄叶纷纷飘落的时候，她却独自紧抱枝头，并不四散落地，所以有不少诗人赞誉菊花的气节：

土花能白又能红，晚节犹能爱此工。宁可抱香枝头老，不随黄叶舞秋风。

这是宋代才女朱淑真所写的一首非常有名的咏菊诗。"宁可抱香枝头老，不随黄叶舞秋风"这两句，应该是脱胎于唐代吴履垒《菊花》的诗句"堕地良不忍，抱枝宁自枯"，但是朱淑真的才气高出一筹，她将"抱枝"改为"抱香"，并用菊花的"抱枝而老"来比喻坚贞的节操，更有诗意，也更有深意。

宋末隐士郑思肖于宋亡之后隐居吴下，自称"三外野人"，坐时必南面而向，以示思念南宋之心。他终身不娶，浪游无定迹，以自己无力恢复大宋为耻，死前嘱咐朋友为他写一牌位："大宋不忠不孝郑思肖"。他的文稿因涉及反抗元朝统治者的思想，当时无人敢传阅。于是，他用铁函封存好，沉入吴中承天寺的一口井中，直到明崇祯时方才为人发现。文稿中有"万木摇落百草死，正色与秋争光明""背时独立抱寂寞，心香贞烈透寥廓"等咏菊诗，郑思肖还有一首《画菊》诗：

花开不并百花丛，独立疏篱趣无穷。宁可抱香枝头死，何曾吹落北风中。

后两句可以说是借用了朱淑真的诗句，但是绝非简单地搬用：朱淑真是"枝头老"（女人都怕老），郑思肖却改成"枝头死"，更加悲怆慷慨；而"不随黄叶舞秋风"，用了"黄叶""舞"等字样，凄婉中有灵动的感觉，确是才女的笔触，但郑思肖的“何曾吹落北风中”，用北风比喻占了汉家江山的元朝统治者，十分贴切深刻，“何曾吹落”四字，读来铿锵有力，掷地作金石声。

菊花的节操不仅仅被中土汉人称赞，辽国丞相李俨曾作《黄菊赋》献于辽帝耶律洪基，而耶律洪基也回诗称赞道：

昨日得卿黄菊赋，碎剪金英填作句。袖中犹觉有余香，冷落西风吹不去。

附带说一下，菊花因品种不同，也并非全都抱香枝头，有些菊花也会落满一地金黄。因为这件事，相传苏轼和王安石还闹过一段“公案”：

相传有一天，苏轼去拜访王安石，王安石没有在家。苏轼闲坐无聊，见王安石的书桌上有一首咏菊诗，刚写了两句：“西风昨夜过园林，吹落黄花满地金。”苏东坡看了，颇不以为然，菊花傲霜，“随你老来焦干枯烂，并不落瓣”，安能像春花一样落满地？于是他提笔续诗两句：“秋花不比春花落，说与诗人仔细吟。”

王安石回来后，看了这两句诗，决定用事实说话，教训一下苏东坡，就把他贬为黄州团练副使。苏东坡在黄州过重阳节时，连日大风，只见菊花纷纷落下，满地铺金，“枝上全无一朵”。这时他想起给王安石续诗的事来，不禁目瞪口呆，半晌无语，恍然悔悟原来是自己少见多怪了。

这段故事出于冯梦龙的《警世通言》第三卷，戏说的成分居多，但菊花因品种不同，有的落瓣、有的不落瓣确是事实。李清照的“满地黄花堆积”一句，想来也是指落瓣的菊花。

南宋 朱绍宗
菊丛飞蝶图

朱绍宗，生卒年不详。宋朝画家，工人物猫犬花禽，描染精邃远过流辈。

画上菊花本有黄、白、蓝、紫四色，因时代久远，淡黄色有些褪去。画面左下角有画家签名，但只剩下一个“朱”字。

采菊东篱下，悠然见南山
——菊花的隐者形象

前面提过，宋代周敦颐曾称菊花为“花之隐逸者”。确实，菊花的形象大多时候都像是一位独守田园、超脱尘世的隐者。林黛玉“魁夺菊花诗”中最醒目的句子就是：“孤标傲世偕谁隐，一样花开为底迟。”

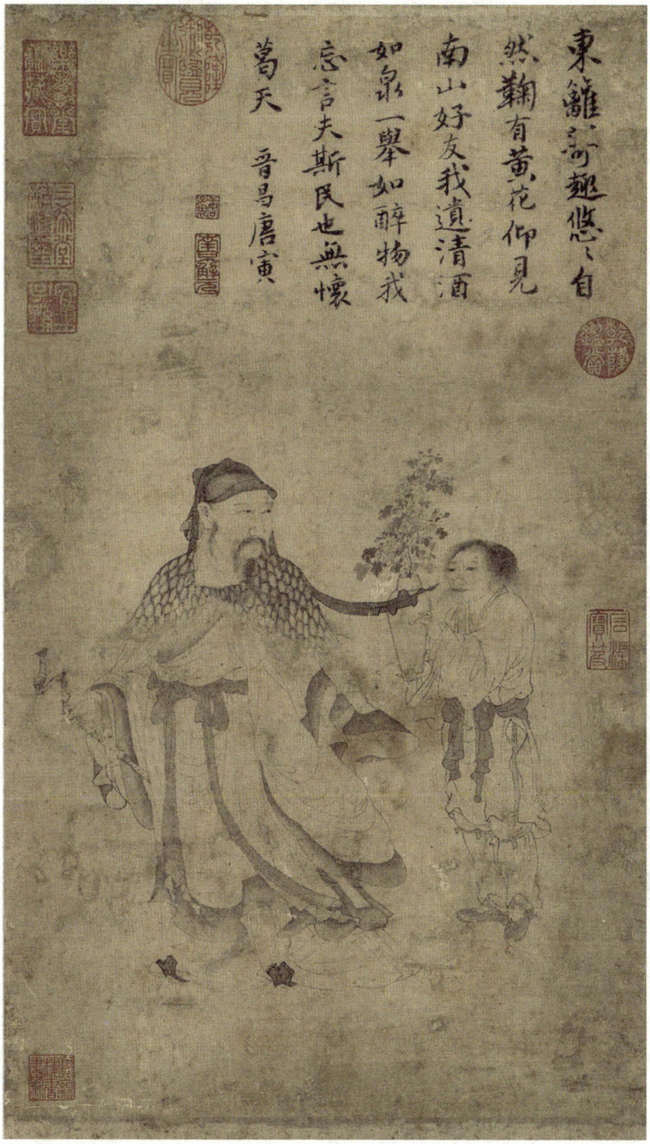

明　唐伯虎
采菊图

画上绘陶渊明携一童子，采菊而归。上题：“东篱寄趣，悠悠自然。鞠有黄花，仰见南山。好友我遗，清酒如泉。一举如醉，物我忘言。夫斯民也，无怀葛天。晋昌唐寅。”现藏台北故宫博物院。

早在屈原的《离骚》中就写道："朝饮木兰之坠露兮，夕餐秋菊之落英。"但得以令菊花成为隐士形象代表的最大功臣，当数陶渊明。所以李清照在《多丽·咏白菊》一词中说："屈平陶令，风韵正相宜。"林黛玉的菊花诗里也说："一从陶令平章后，千古高风说到今。"

其实在陶渊明以前，菊花早已是不少知名人物笔下的"常客"。如汉武帝刘彻在《秋风辞》中就赞过："兰有秀兮菊有芳。"魏文帝曹丕也在《与钟繇九日送菊书》中夸过菊花："含乾坤之纯和，体芬芳之淑气。"钟会则在《菊

清　邹一桂
花卉八开册之
菊花图

画上题道："九花仙：落英餐过未，竹寔亦甘香。碧色如春酒，黄花对夕阳。高人争徙倚，夜月足辉光。貌似输神似，勤将逸品藏。让卿叟邹一桂。"

花赋》中赞道：“何秋菊之可奇兮，独华茂乎凝霜。”

然而，“文章千古事，得失寸心知”，帝王将相们的这些文字顶不上陶渊明的一句“采菊东篱下，悠然见南山”。杨万里有诗云：“菊生不是遇渊明，自是渊明遇菊生。岁晚霜寒心独苦，渊明元是菊花精。”

陶渊明当上了菊花花神，有时候菊花甚至成为陶渊明的代名词。《梧浔杂佩》中说，明代陆平泉见同僚谒见严世蕃时争先恐后，竞往前趋，丑态百出。正好严宅地上放了许多盆菊花，陆平泉便借机讽刺道：“诸公且从容，莫挤坏渊明也。”一时间，那些投机小人个个面红耳赤。

可见，“菊”和“隐”自陶渊明之后就不离不弃地连在一起，成为不慕荣华、修身高洁的象征。不知有多少人用“菊隐”一词做自己的别号或者书斋名，著名的明代才子唐伯虎还写过《菊隐记》这样的文章。

清　余省
东篱秀色图

余省（1692—1767），字曾三，号鲁亭，江苏常熟人。宫廷画家。

此画作于乾隆九年（1744年），为对花写生之作，画风清秀自然。最上是乾隆皇帝的题诗：“如是空非色，谁教铅粉施。能知花外趣，堪作画中诗。露朵盈盈际，风枝洒洒时。落英如可啜，何必学安期。”现藏台北故宫博物院。

人比黄花瘦
——菊花残，满地伤

黄宗羲有诗道：“莫恨西风多凛冽，黄花偏耐苦中看。”菊花，在很多时候充满了哀伤的色彩。很多诗人替菊花惋惜，盛开在霜冷风寒的时节，得不到春日的阳光、蜂蝶的青睐。不少才子将之看作自身的写照，晚唐时郁郁不得志的美男子李山甫就写道：

篱下霜前偶得存，忍教迟晚避兰荪。也销造化无多力，未受阳和一点恩。
栽处不容依玉砌，要时还许上金尊。陶潜殁后谁知己，露滴幽丛见泪痕。

“未受阳和一点恩”是说菊花没有得到一点春光的照顾，而“栽处不容依玉砌”等句，更是写出了菊花不像牡丹等富贵花那样得宠，陶渊明一去，乏有知己，只好独自孤苦垂泪。

在本来就娇弱的才女笔下，菊花更是一副凄婉欲绝的模样。李清照有《醉花阴》一词：

薄雾浓云愁永昼，瑞脑消金兽。佳节又重阳，玉枕纱橱，半夜凉初透。
东篱把酒黄昏后，有暗香盈袖。莫道不消魂，帘卷西风，人比黄花瘦。

“人比黄花瘦”，娉婷孤单的才女瘦如菊花，而菊花亦是如此的落寞凄凉。讲到这里，不禁想起另一位才女董小宛。冒辟疆在《影梅庵忆语》中说他和董小宛都爱菊成痴，从白天看到晚上，小宛点了灯烛，照菊花影于墙上，“极其参横妙丽”，如一幅天然图画。小宛置身菊花间，人和花的影子都映在墙上，小宛回过头来问冒辟疆：“菊之意态尽矣，其如人瘦何？”这一幕，就此深印在冒辟疆的心中。菊花可以重开，小宛却香魂已散，生死永隔。

清代的苦命才女贺双卿，所嫁的丈夫蠢如马牛，是个粗莽村汉，经常打骂她，还有个恶婆婆百般折磨她，她只要一看书写字，就骂她“不务正业”、偷懒不干活，可怜她“锦思花情，敢被爨烟熏尽”，二十岁就郁郁而死。她一生酷爱菊花，曾写过这样一首词：

丝丝脆柳，袅破淡烟依旧。向落日秋山影里，还喜花枝未瘦。苦雨重阳挨过了，亏耐到小春时候。知今夜、蘸微霜，蝶去自垂首。　生受，新寒侵骨，病来还又。可是我双卿薄幸，撇你黄昏静后。月冷阑干人不寐，镇几夜、未松金扣。枉辜却、开向贫家，愁处欲洗无酒。

（《二郎神·菊花》）

李清照尚可以“东篱把酒黄昏后”，可怜的双卿连借酒浇愁的资格也没有，她家里那样穷，根本没有钱买酒，她的恶婆婆、蠢老公也根本不会允许她喝酒。“生受，新寒侵骨，病来还又”，说的是风刀霜剑中的菊，更像是苦命的双卿啊！

双卿还有一首凄楚的菊花诗，读来更是让人垂泪：

冷厨烟湿障低房，爨尽梧桐谢凤凰。野菜自挑寒里洗，菊花虽艳奈何霜！

南宋　林椿
秋晴丛菊图

图绘秋菊两丛，俯仰向背之间得萧散之姿，敷色清丽，观之似嗅得菊香。现藏台北故宫博物院。

“菊花虽艳奈何霜”，正是古往今来千千万万苦命女子的写照。金庸先生的小说《连城诀》中，有个女子叫凌霜华，酷爱菊花，但是她的父亲是个心肠狠毒的歹人，竟利用她与大侠丁典的爱情来诱捕丁典，用剧毒将丁典毒倒囚禁，借以逼问大宝藏的下落。凌霜华为了保住丁典的性命，发誓永不与他相见，后来更自毁容貌以明志。但即便如此，她的父亲也不肯放过她。凌霜华最后活活被自己的亲生父亲闷死在棺材里，临死前她在棺盖上用指甲刻下：“丁郎，丁郎，来生来世，再为夫妻。”凌霜华和丁典的苦恋，有人称为“菊花之恋”，读来深感凄怆。

满城尽带黄金甲
——菊花的冲天杀气

在才女的笔下，菊花是那样委屈，春风不来，蜂蝶难至，只有满天风霜，凄凉无限。但在一些盖世枭雄的笔下，菊花却是豪气凌人，大有拍案而起，向司花东君讨个说法的劲头。其中最著名的当然就是"冲天大将军"黄巢的两首菊花诗：

飒飒西风满院栽，蕊寒香冷蝶难来。他年我若为青帝，报与桃花一处开。

（《题菊花》）

待到秋来九月八，我花开后百花杀。冲天香阵透长安，满城尽带黄金甲。

（《不第后赋菊》）

第一首诗相传是黄巢少年时所作，诗中充满了桀骜不驯的气息，凭什么菊花就不能享受大好春光呢？我就要做"青帝"，把颠倒的命运再颠倒过来！桃花享受的待遇，我们菊花也尝尝。

第二首据说是黄巢落第后所写，心中的怨气就更重了，"我花开后百花杀"，韵脚着一"杀"字，在古诗词中相当罕见，"冲天香阵透长安，满城尽带黄金甲"，虽然含蓄，但不难从中读出类似"他年若得报冤仇，血染浔阳江口"的戾气。然而，黄巢并非胡吹大气，公元880年，他果真带了身披黄金甲的几十万大军攻陷了长安，用血与火为此诗做了最令人震撼的注脚。

"杀尽江南百万兵，腰间宝剑血犹腥"的明代开国皇帝朱元璋，也有一首《菊花》诗："百花发时我不发，我若发时都吓杀。要与西风战一场，遍身穿就黄金甲。"这首诗其实算是抄袭黄大王的，不过两人的欣赏品位是相通的。朱元璋的这首诗虽不如黄巢诗含蓄，但菊花的"战斗精神"在此诗中更加锋芒毕露。

有人评说张艺谋的电影《满城尽带黄金甲》中，铺陈的菊花与溅血的尸体

深度挖掘了菊暗藏的肃杀、阴谋与冷血意味。菊花果有此意味吗？我觉得即便有，也是从黄、朱二人那里沾到血腥味的。

附带说一下，唐太宗有一首《赋得残菊》诗，是这样写的：

阶兰凝曙霜，岸菊照晨光。
露浓晞晚笑，风劲浅残香。
细叶凋轻翠，圆花飞碎黄。
还持今岁色，复结后年芳。

诗中对残菊虽有惋惜之情，但还是洋溢着乐观向上、充满希望的气息，看不见黄巢、朱元璋两人诗中的那种戾气。此诗不见得多出众，但其中的气韵却是恢恢然、广广然的大唐正音。

清　恽寿平
东篱秋色图

画上题：“我对黄华默不语，黄华向我如有情。瘦茎叶叶带霜气，繁英片片含秋清。黄鹅紫凤娇欲舞，金幢玉节纷来迎。南山悠然长在眼，满手秋光餐落英。宋人有东篱傲霜枝图，因仿其意，然模花范叶之间，犹未能尽态极妍，聊与赏音发笑，云溪外史寿平题。”现藏台北故宫博物院。

黄花白发相牵挽
——留住最后的美好

菊花是秋天的最后一抹亮色，正如欲坠的夕阳、将尽的人生。对于乐观的人们来说，虽然留不住，但及时行乐，把握住现在，也算是不枉此生了。自古以来，人们就有重阳之时赏菊饮酒的习惯。前面说过，袁宏道曾说“酒赏”是赏花时低俗的行为，但我觉得也要辩证分析，像赏牡丹、赏菊花，如果没有酒，还是有些美中不足的。

明代丹青妙手陈献章有诗：“有钱不买重阳醉，篱下黄花也笑人。”宋代刘克庄词中也说过：“若对黄花孤负酒，怕黄花也笑人岑寂。”是啊，面对秋日里的菊花，常会莫名间有无尽愁思涌上心头，而“对酒当歌，人生几何？譬如朝露，去日苦多。慨当以慷，忧思难忘。何以解忧？唯有杜康”，所以赏菊不可无酒。

李清照的一首《鹧鸪天》，正是道出了赏菊时这种百味杂陈的心情：

寒日萧萧上锁窗，梧桐应恨夜来霜。酒阑更喜团茶苦，梦断偏宜瑞脑香。
秋已尽，日犹长，仲宣怀远更凄凉。不如随分尊前醉，莫负东篱菊蕊黄。

相传最早饮菊花酒（用菊花茎叶花掺杂了黍米酿就，汉代时就已流行），是为了“祓除不祥”。陶渊明好菊好酒，曾有诗说：

秋菊有佳色，裛露掇其英。泛此忘忧物，远我遗世情。
一觞虽独尽，杯尽壶自倾。日入群动息，归鸟趋林鸣。
啸傲东轩下，聊复得此生。

后人学陶渊明的太多了，学他抛去功名富贵要难得多，但学喝酒赏菊花相对容易得多，饮酒赏菊，遂成传统。只可惜像杜甫之类的诗人实在太穷，酒钱都掏不出来，其《复愁十二首》中有一诗说：“每恨陶彭泽，无钱对菊花。如今九日至，自觉酒须赊。”

清　孙温
《红楼梦》之林潇湘魁夺菊花诗

此画描写了书中第三十八回的故事情景：相伴宝玉、持长鱼竿者为林黛玉，左端立在垂柳阴中看鸥鹭的三人当为探春、李纨和惜春，中间团坐吃螃蟹的应该是袭人、紫鹃、司棋、侍书、入画、莺儿、翠墨等丫头，最右侧为湘云、宝钗及袭人（无凤钗头饰者）。此画人物众多，姿态生动，就连藕香榭的曲廊竹桥等也刻画得十分细致。虽然人物的头饰和形象略显雷同，但仍不失为一幅帮助我们欣赏《红楼梦》故事的优秀画作。

当然，陶渊明当年也曾喝不起酒。《续晋阳秋》说，有一年重阳时，陶渊明对着满院菊花却无酒可饮。正在此时，江州刺史王弘送酒而来，陶渊明大喜酣醉。所以嘛，这学陶渊明，最好是赊酒来喝，或者向别人要酒来喝才风雅。如晚唐诗人皮日休就于菊开之日，给朋友崔谏议寄去一诗，讨些酒来：

金华千点晓霜凝，独对壶觞又不能。已过重阳三十日，至今犹自待王弘。

（《军事院霜菊盛开，因书一绝寄上谏议》）

皮日休也不见得就是真的没钱沽酒，只不过这样做更显风雅而已。

后来，因重阳正是蟹肥之时，饮酒、赏菊、食蟹就成为重阳节的必备节目了。《红楼梦》中结社咏菊花诗时也是薛宝钗和她哥哥薛蟠要了“几篓极肥极大的螃蟹来，再往铺子里取上几坛好酒……”《红楼梦》中饮酒赏菊的场景，正是明清时文人们的生活剪影，就连菊花诗的题目也和前人雷同。如明代陈献章就有《对菊》诗云：“因花催酒酒催诗，诗酒平生两不亏。秋到若无诗与酒，看花元似不曾知。”

酒酣耳热之余，无论男女，都喜欢将菊花簪于头上。唐《辇下岁时记》说：

“九日宫掖间争插菊花，民俗尤甚。”杜牧的《九日齐山登高》道：

江涵秋影雁初飞，与客携壶上翠微。尘世难逢开口笑，菊花须插满头归。

但将酩酊酬佳节，不用登临恨落晖。古往今来只如此，牛山何必独沾衣。

“尘世难逢开口笑，菊花须插满头归”，说得真是太好了，“人生不如意事常七八”，面对盛开的金色菊花，尽兴一醉，方不辜负这浓烈的秋色。黄庭坚有《鹧鸪天》一词，也写得非常精彩：

黄菊枝头破晓寒，人生莫放酒杯干。风前横笛斜吹雨，醉里簪花倒着冠。身健在，且加餐，舞裙歌板尽清欢。黄花白发相牵挽，付与旁人冷眼看！

好一个“黄花白发相牵挽，付与旁人冷眼看”！诗人的癫狂之态、菊花的孤傲之气，呼之欲出！

当然，菊花因为遍地生长，似乎也带着“土里土气”的意象。诸如电影《秋菊打官司》中，“秋菊”这样的名字似乎成了村姑的代表。然而，这一切都不会影响人们对菊花的喜爱。让我们用孟浩然那句著名的诗作结：“待到重阳日，还来就菊花。”

清　恽寿平
菊花轴

画面左上题：“画菊元人王澹轩之工秀、周草窗之清妍，不如唐解元之高逸。此图专师六如，与元人小异。己酉（1669年）二月，东园寿平。”右下题诗一首：“篱边佳种自幽清，直把群葩粉艳轻。冷淡比于高隐士，太真西子玷君名。庚戌秋日，南田草衣题于瓯香阁。”现藏台北故宫博物院。

十月花令

SHI YUE HUA LING

月季独放

二十一

天下风流月季花

月季、玫瑰和蔷薇是同属蔷薇科蔷薇属的姊妹花。她们的外形极为相似，而且我们今天看到的这“三姐妹”，是经过长期杂交育种形成的，她们“你中有我，我中有你”，亲缘关系实在是太紧密了。

天教月月常新

在这“蔷薇三姐妹”中，我最喜欢的是月季。南宋词人赵师侠的《朝中措》写得非常好：

开随律琯度芳辰，鲜艳见天真。不比浮花浪蕊，天教月月常新。　蔷薇颜色，玫瑰态度，宝相精神。休数岁时月季，仙家栏槛长春。

是啊，月季花的美艳其实不输蔷薇和玫瑰，而且她不惧岁时的变化，犹如传说中仙家所种之花一样长开不衰，所以月季花又有“长春花”之名。

朱淑真有《长春花》一诗道：“一枝才谢一枝殷，自是春工不与闲。纵使牡丹称绝艳，到头荣瘁片时间。”这里朱才女说，月季一枝才谢又发一枝，虽然牡丹有压倒群芳之称，但毕竟只是一时荣耀后就憔悴凋零了，哪里比得上月季能长盛不衰？

元　王渊
虞美人月季

王渊（13世纪—14世纪中叶），字若水，号澹轩，一号虎林逸士，钱塘（今浙江杭州）人。尤精于花鸟，堪称元代花鸟画巨擘。

这幅画中绘有虞美人和月季两种花卉，设色艳丽，工笔重彩，有后蜀黄荃风格，一反宋画的细碎纤弱，更多富丽秾艳之感。现藏台北故宫博物院。

我每每看到月季的这种精神，就大受激励。虽然自己写的书未必都能畅销，但努力不懈地坚持写下去，能不断地有新作品和大家分享，也算是一种收获吧。

南宋诗人王义山也有一首《长春花诗》：

东风不与世情同，多付春光向此中。叶里尽藏云外绿，枝头剩带日边红。
百花能占春多少，何似春颜长自好。清和时候卷红绡，端的长春春不老。

现在人们普遍种植月季花，像我家门前不远处的花坛中就有月季花，从春天一直开到秋天，花期实在是太长了。古诗人常感慨“人间四月芳菲尽”，而月季却是“曾陪桃李开时雨，仍伴梧桐落叶风”，正像杨万里的《腊前月季》所说：

只道花无十日红，此花无日不春风。一尖已剥胭脂笔，四破犹包翡翠茸。
别有香超桃李外，更同梅斗雪霜中。折来喜作新年看，忘却今晨是季冬。

俗话说：“人无千日好，花无百日红。”但月季花却给持此观点的人以反击。谁说好花不常开？谁说好景不常在？月季花的这种风姿正如清代诗人孙星衍所写：“已共寒梅留晚节，也随桃李斗浓葩。才人相见都相赏，天下风流是此花。”

我们现在常用月季花来代表持久不变的友谊，而用玫瑰花来代表爱情。说到这里，也不禁感叹一下：难道爱情真的不如友谊能长久吗？

清　李敬
月季石竹

李　敬（1620—1665），字圣一，号退庵，南京六合区竹镇人。

画上题：“清芬艳丽互参差，更有名禽枝上啼。谁道秋容情寂寞，景物可人只自知。虔斋李敬。”现藏台北故宫博物院。

一年长占四时春

月季花被称为“花中皇后”，明代易震吉的《竹枝·咏月月红花》独辟蹊径地赞道：“老去春光实可怜，为何十二月皆妍。知她不是贫家女，时买胭脂剩有钱。”

但是，月季虽有皇后般娇艳高贵的气质，却不像金枝玉叶那样娇生惯养。在我们这里（鲁西北平原），听花匠说，种梅花难过冬，种牡丹难开花，唯有月季，好种得很，像我这样并不善于种花的人移来一株，也能生长得非常茁壮，开出一大片锦霞般的鲜艳花朵来。

月季是我国十大名花之一，中国是月季的原产地，据说远古时黄帝曾将她作为图腾，所以也有人推荐月季作为国花的候选者之一。

清　蒋廷锡
兰花月季图

画上题：“洗砚试新墨，香风拂茧纸。莫嫌兰叶稀，叶多伤兰蘂。己丑十月望写于海淀成坐轩，并题一绝句，酉君蒋廷锡。”现藏南京博物院。

月季花其实娇美异常，颜色也丰富多样，红的、粉的、黄的、紫的，正所谓“娇颜映日含香远，媚影临窗带露湿”，教人如何不爱她？

花落花开无间断，春来春去不相关。牡丹最贵惟春晚，芍药虽繁只夏初。唯有此花开不厌，一年长占四时春。

月季花开不厌，我们也看不厌，不要因为月季最常见、最常开，就对她不珍惜。

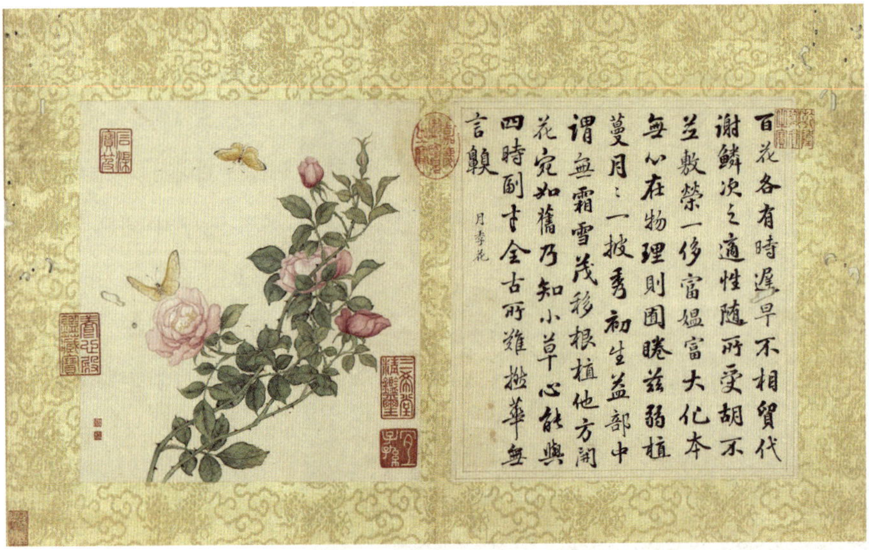

清　蒋廷锡、张照书画合璧册之月季披秀

张照（1691—1745），字得天，号泾南，亦号天瓶居士，江南娄县（今江苏昆山）人。

左边的月季花是蒋廷锡画的，而右边的书法和诗词是张照所写。题诗云：“百花各有时，迟早不相贸。代谢鳞次之，适性随所受。胡不并敷荣，一侈富媪富。大化本无心，在物理则囿。眷兹弱植蔓，月月一披秀。初生益部中，谓无霜雪茂。移根植他方，开花宛如旧。乃知小草心，能与四时副。才全古所难，撚花无言嗅。”品诗中之味，也是夸月季能常开不谢之意，只是对月季不怎么香有所微词。现藏台北故宫博物院。

十一月花令

SHI YI YUE HUA LING

山茶灼

二十二

山茶相对阿谁栽

山茶花植物学上的特征是这样的：常绿灌木或小乔木。碗形花瓣，单瓣或重瓣。花色有红、粉红、深红、玫瑰红、紫、淡紫、白、黄色、斑纹等。花期为冬春两季，较耐冬。

九月茶花满路开

在金庸先生的《天龙八部》一书，曾对茶花做过详尽的描写。段正淳和王夫人（阿萝）定情之时，想必就送过她一朵茶花（曼陀罗花），所以在王夫人临死前，段正淳哽咽着说：“我对你的心意，永如当年送你一朵曼陀罗花之日。”书中写王夫人为引段正淳前来，用他原来常念的旧诗作暗语，其中有一联是“春沟水动茶花白，夏谷云生荔枝红”，还有一联是“青裙玉面如相识，九月茶花满路开”。

其实，“青裙玉面”云云，来自南宋诗人陈与义的一首诗《初识茶花》：

伊轧篮舆不受催，湖南秋色更佳哉。青裙玉面初相识，九月茶花满路开。

只不过金庸先生书中将“初相识”的“初”字改为“如”字，可能是照顾小说情节吧。因为段正淳和阿萝是老情人了，而且恨得见面就你骂我“老狗”，我骂你“臭婆娘”，早不是“人生若只如初见”的时候了。

但是在这里，时代上有错位，成了前人念后人的诗。我们以耶律洪基为坐标来看，耶律洪基生卒年分别为 1032、1101 年，萧峰帮耶律洪基平叛是在 1063 年，而按书中情节段正淳和王夫人缠绵时，应远早于这个时间，那么这句诗问世的时间肯定早于 1063 年。陈与义的生卒年分别是 1090、1138 年，也就是说耶律洪基死的时候，陈与义才 11 岁。而书中写段正淳死了之后，耶律洪基还活得好好的哪。

当然，小说嘛，是可以虚构的，我这样一本正经地考证，未免有些胶柱鼓瑟了。但我们如果是写学术著作，则万不可如此大意。

“春沟水动茶花白，夏谷云生荔枝红”这一联则出自宋人晁冲之的《送惠纯上人游闽》：

早听闽人说土风，此身尝欲到闽中。春沟水动茶花白，夏谷云生荔子红。

襟带九江山不断，梯航百粤海相通。北窗夜展图经看，手自题书寄远公。

冰雪纷纭真性在

茶花开于冬春少花之时，用南宋王之望的词来说就是："独占岁寒天气，正群芳休息。"苏轼也有诗说："萧萧南山松，黄叶陨劲风。谁怜儿女花，散火冰雪中。……"可惜的是，黄河流域及以北地区是难以看到茶花的。因此苏轼的诗略有夸张，茶花主要生长于长江以南，真要是移到北大荒，她还是受不了的。

不过，茶花相比于江南的百花来说，还是比较耐寒的。她能耐得住短期零下十摄氏度的低温，而且她的花期也相当长。李渔在《闲情偶寄》中说：

> 花之最不耐开，一开辄尽者，桂与玉兰是也；花之最能持久，愈开愈盛者，山茶、石榴是也。然石榴之久，犹不及山茶；榴叶经霜即脱，山茶戴雪而荣。则是此花也者，具松柏之骨，挟桃李之姿，历春夏秋冬如一日，殆草木而神仙者乎？

这里大夸山茶花期之长，又夸山茶如松柏一样能耐寒。孔子曾说："岁寒，然后知松柏之后凋也。"旧时认为这是高风亮节的写照，像"松、竹、梅"都被抬得很高，像是道德模范似的。而山茶其实也是能经霜耐寒者，所以李渔说她是"具松柏之骨，挟桃李之姿"，惊叹她是花卉中的"神仙"。

明代文人归有光有诗道：

> 山茶孕奇质，绿叶凝深浓。往往开红花，偏在白雪中。
> 虽具富贵姿，而非妖冶容。岁寒无后凋，亦自当春风。
> 吾将定花品，以此拟三公。梅君特素洁，乃与夷叔同。

归有光的文章很好，有韩、欧遗风，但诗作并不出名。归有光经常一副正统面孔，然而山茶还是得到了他的赞美，他称其艳而不妖、品格高洁，想把她定为百花中的"三公"（古时官职中的极品），主要就是因为山茶凌寒而开的特性。

“梅君特素洁，乃与夷叔同”则是说梅花和山茶都是岁寒之花，正像古时的贤人伯夷、叔齐一样可以相伴。元代马致远《新水令·题西湖四时》中也说：“自立冬，将残腊，雪片似红梅，血点般山茶。”

酷爱梅花的宋代诗人范成大，同样也喜爱山茶。他有《梅花山茶》一诗：

月淡玉逾瘦，雪深红欲燃。同时不同调，聊用慰衰年。

梅尧臣甚至认为山茶耐寒的品格比梅花更高出一筹：“腊月冒寒开，楚梅犹不奈。”明人沈周的《红山茶》则联想到了忠肝义胆的节操：

老叶经寒壮岁华，猩红点点雪中葩。愿希葵藿倾忠胆，岂是争妍富贵家。

到了清代，段琦的《山茶花》一诗写得就更富有“战斗精神”了：

独放早春枝，与梅战风雪。岂徒丹砂红，千古英雄血。

不过，古典诗词往往讲究含蓄蕴藉。所以，我觉得苏辙的这首诗写得更为

南宋　佚名
茶花图

画上钤鉴藏印“黔宁王子孙永保之”。现藏台北故宫博物院。

出色一些：

凌寒强比松筠秀，吐艳空惊岁月非。冰雪纷纭真性在，根株老大众园稀。

当然，以上这些诗和苏轼的诗比起来，顿落下乘。苏轼的这首诗写雨雪中的山茶花，娓娓道来，生动有情：

山茶相对阿谁栽，细雨无人我独来。说似与君君不会，烂红如火雪中开。

明　吕纪所
梅茶雉雀图

吕纪（1439—1505），字廷振，号乐愚，鄞（今浙江宁波）人。明代院体花鸟画家。

画上绘寒冬中蜡梅、茶花相伴绽放，梅花雪白，茶花火红，花根立雉鸡两只，细枝上更有一群鸟雀相依相偎。可以看出，梅花和茶花在古人的画笔下，也是迎寒斗雪的“战友”。现藏浙江博物馆。

唯有山茶偏耐久

从前面所引的李渔文字可以知道，山茶花的花期是很长的。种花专家周瘦鹃说：“花中最耐久者，确以山茶为最，一花开了半月，还是鲜艳如故。”陆游也有诗说：“雪里开花到春晚，世间耐久孰如君？”

山茶从秋开到春，正如曾巩诗中所说：“山茶花开春未归，春归正值花盛时。”而且一直到桃李飘零，山茶还是一朵又一朵地绽放。有陆游诗为证：

东园三月雨兼风，桃李飘零扫地空。唯有山茶偏耐久，绿丛又放数枝红。

文徵明的曾孙文震亨也有一诗赞山茶花，诗意和陆游诗相似：

似有浓妆出绛纱，行充一道映朝霞。飘香送艳春多少，犹见真红耐久花。

明朝冯时可的《滇中茶花记》云：

茶有数绝：一、寿经三四百年，尚如新植；二、枝干高耸四五丈，大可合抱；三、肤纹苍润，黯若古云气樽罍；四、枝条黝斜，状如麈尾龙形；五、蟠根轮囷离奇，可凭而几，可藉而枕；六、丰叶森沉如幄；七、性耐霜雪，四时常青；八、次第开放，历二三月；九、水养瓶中，十余日颜色不变。

这其中，百年胜新植、耐霜四时青、花久历数月、插花不易色等都是讲山茶耐久的品性。山茶树寿命极长，纳兰容若的好友顾贞观在《踏鹊枝》一词中夸一株山茶树“花覆七楼红十里，遍数东南，此树曾无比”，并说这株山茶是昭明太子（名萧统，501—531）手植，到清代康熙年间，已有千年之寿了。所以人们夸山茶是：“宜寿如山木，经霜似女贞。”宋代词人韩元吉有《鹊桥仙》一词：

菊花黄后，山茶红透，南国小春时候。蓬山高处绿云间，有一个、仙官诞秀。精神龟媚，骨毛鹤瘦，落落人中星斗。殷勤自折早梅芳，调一鼎、和羹为寿。

词中有借山茶增寿之意。但明代沈周的诗却没他这样自信：

犀甲凌寒碧叶重，玉杯擎处露华浓。何当借寿长春酒，只恐茶仙未肯容。

此诗说，山茶这么经久长寿，但又怎样才能向茶仙借一杯长生酒呢？只恐怕茶仙不肯轻易理我们这些尘俗中的人吧！其中透出几分感叹、几分无奈。

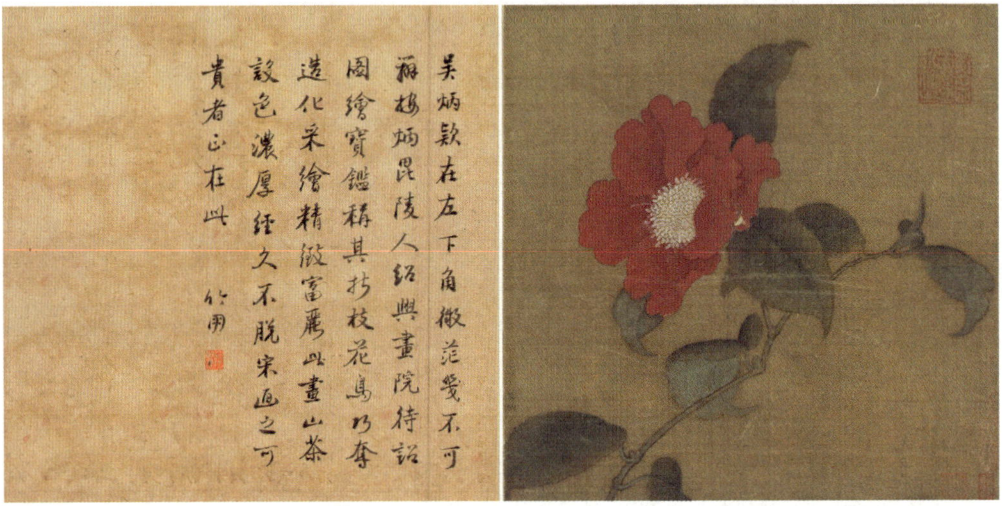

南宋　吴炳
山茶图

画上左面有清代文人李佐贤（号竹朋）所题：“吴炳款在左下角，微茫几不可辨。按：炳，毗陵人，绍兴画院待诏。《图绘宝鉴》称其折枝花鸟巧夺造化，采绘精致富丽。此画山茶设色浓厚，经久不脱，宋画之可贵者正在此。竹朋。”现藏美国费城艺术博物馆。

铅华占得杨家女

山茶的品种很多，想了解的不妨复习一下《天龙八部》，再看一遍段誉给王夫人上的那堂课，什么“十八学士”“抓破美人脸”等，都有所本，并非小说家言。周瘦鹃先生在他的《莳花志》一书中也曾描述过山茶的品种。

我们再来看一下古诗中曾提到的茶花品种。其中有一种叫“鹤头丹”，又名鹤顶红、鹤顶丹、鹤顶茶。为什么这样叫呢？明人王象晋的《群芳谱》中有解释：“大如莲，红如血，中心塞满如鹤顶。”

苏轼的《和子由柳湖久涸、忽有水，开元寺山茶旧无花、今岁盛开》一诗写道：

长明灯下石栏干，长共松杉守岁寒。叶厚有棱犀甲健，花深少态鹤头丹。久陪方丈曼陀雨，羞对先生苜蓿盘。枝里盛开知有意，明年开后更谁看？

还有一种叫“宝珠茶”。明代张新的《山茶》诗说：“胭脂染就绛裙襕，琥珀妆成赤玉盘。似共东风解相识，一枝先已破春寒。”说的就是这种山茶。他还写过另外一种著名的品种——“杨妃山茶”：

曾将倾国比名花，别有轻红晕脸霞。自是太真多异色，品题兼得重山茶。

这“杨妃山茶”，色作淡红，恰似杨贵妃的醉后红晕生脸之态，而且花形硕大，也有杨贵妃的雍容富贵之姿。明代高濂有《惜分飞·杨妃茶花》一词云：

沉醉东风花不语，斗帐香消金缕，酒色能多许？剩将残醉枝头吐。　铅华占得杨家女，挽不住春归去。莫伤心事、总为胭脂误，马嵬山下香凝土。

清代董舜民曾填《好时光》一词，写的正是“杨妃山茶”：

一捻指痕轻染，千片汗色微销。乍醒沉香亭上梦，芳魂带叶飘。　照耀临池处，恍上马映多娇。疑向三郎语，时作舞纤腰。

当然，有些诗人也将茶花比作其他美女。不少人看到斗大的茶花被风吹落时，就联想到晋代石崇的家妓绿珠。晚唐贯休和尚写过这样一首诗：

风裁日染开仙囿，百花色死猩血谬。今朝一朵堕阶前，应有看人怨孙秀。

这里没明写“绿珠”，但暗用了孙秀逼石崇交出绿珠，石崇不从，因此被祸灭门，绿珠也跳楼自尽的典故。辛弃疾的这首《摊破浣溪沙·与客赏山茶、一朵忽坠地、戏作》写得更详细：

酒面低迷翠被重，黄昏院落月朦胧。堕髻啼妆孙寿醉，泥秦宫。　试问花留春几日？略无人管雨和风。瞥向绿珠楼下见，坠残红。

辛弃疾有“掉书袋”的毛病，短短一首词中，就用了两个典故。先是将山茶比作东汉时骄奢的贵妇孙寿（外戚梁冀之妻），她发明了“堕马髻”“啼妆”，并且宠爱一个叫秦宫的奴仆，所谓“泥秦宫”，就是说黏在秦宫身上缠绵的样子。而下阕又将茶花比喻成跳楼殉主的绿珠，这是怎么回事？

其实，古诗词中的用典和比喻不一定完全合榫合卯，好多时候用的只是其中一点。正像李白写《清平调》时，随手用上“云雨巫山”“飞燕倚新妆”等典故，只是借巫山神女和赵飞燕为杨贵妃的美貌作垫脚石而已，和“云雨巫山”故事背后所隐含的“一夜情”、“飞燕”私生活的淫乱不堪都是没有关系的。有人认为李白诗中有暗中讽刺之意，不足为信。《唐诗鉴赏词典》中也说：“李白诗中果有此意，首先就瞒不过博学能文的玄宗。”

回到辛弃疾这首词，词中的孙寿其实是用来形容山茶富贵妩媚，还有一点性感的成分，并非贬义，而绿珠则用来形容凋落到地下的大朵茶花。

宫粉妆成雪里花

山茶颜色极多，但最为常见为红、白二色。明末清初云南著名的诗僧担当和尚有诗说：“树头万朵齐吞火，残雪烧红半个天。”宋代刘学箕也说：“红茶烧空猩血红。”

这都是写红色的茶花。李渔的《闲情偶寄》说道：

（茶花）又况种类极多，由浅红以至深红，无一不备。其浅也，如粉如脂，如美人之腮，如酒客之面；其深也，如朱如火，如猩猩之血，如鹤顶之珠。可谓极浅深浓淡之致，而无一毫遗憾者矣。得此花一二本，可抵群花数十本……

红颜色的山茶前面已说了不少，诗人们对于白色的山茶花也是十分珍爱。有一种称为玉茗，黄心绿萼，瓣白如玉，为白山茶中的上品。陆游曾有诗说：“钗头玉茗妙天下，琼花一树真虚名。”并附注：“座上见白山茶，格韵高绝。”明代戏曲家汤显祖晚年隐居家乡写戏，堂前有一朵白茶花相伴，因此命名为“玉茗堂”。黄庭坚的《白山茶赋》夸道：“丽紫妖红，争春而取宠，然后知白山茶之韵胜也。”明人瞿佑有诗专咏白山茶：

消尽林端万点霞，丛丛绿叶衬瑶华。宝珠买断春前景，宫粉妆成雪里花。
余子竞传丹灶术，此身甘傍玉川家。江头梅树无颜色，何况溪边瑞草芽。

而清人吴照的《白山茶歌》也是对白山茶极尽溢美之词：

山茶白者色胜玉，产自麻源第三谷。涪翁作赋始纪之，群芳著谱缺标目。
我家旧圃有此花，不与红紫争丽华。苎萝美人含笑靥，玉真妃子披冰纱。
野人只解花前醉，未经考订分种类。琅琊王公淹雅才，命题偶为诸生试。
吾侪万事忽眼前，此花根种无能传。区区物产尚难辨，乡邦大者宁详焉。
春风连朝动帘幕，又见琼瑶堆灼灼。花今与我为乡人，但愿年年对花酌。

简单解释一下此诗中的几个典故。“麻源第三谷”，是江西临川的一处地名。“涪翁”是指黄庭坚，此句是说他首先作《白山茶赋》推崇白山茶。“琅琊王公”则是代指名门贵族。依我的意见，他的这首长诗不如缩成以下二首绝句，倒觉得更有味：

我家旧圃有此花，不与红紫争丽华。芒萝美人含笑靥，玉真妃子披冰纱。

春风连朝动帘幕，又见琼瑶堆灼灼。花今与我为乡人，但愿年年对花酌。

清　董诰
二十四番花信风图
之山茶

画上题诗为：“一树千葩吐绛蕤，蒸霞烁日发华滋。岁寒不觉冰霜厚，密芷偏宜栗烈吹。”现藏台北故宫博物院。

拙政园内山茶花

茶花当然以云南所产为最。相传云南的沐氏西园中，有一个楼前四面种着山茶，达几十株之多，高二丈，花朵盛开时灿若云锦，竟达数万朵，有人称：“十丈锦屏开绿野，两行红粉拥朱楼。”

正所谓“尘世山茶非一种，品题高出数滇中”，云南的茶花非别处可比，三五百年的大茶花树随处可见，大理甚至有一棵树龄已上千年的茶树，粗得几个人也抱不过来，花开时繁不可数，人称“万朵茶”。历代诗家的题诗也数不胜数，这里就不多说了。

除了云南，宋代成都的海云寺也是山茶观赏胜地。陆游的《山茶》诗中说“三十年前宴海云”，念念不忘当年海云寺的茶花。范成大也有《十一月十日海云赏山茶》一诗：

门巷欢呼十里村，腊前风物已知春。两年池上经行处，万里天边未去人。

客鬓花身俱岁晚，妆光酒色且时新。海云桥下溪如镜，休把冠巾照路尘。

《天龙八部》中写王夫人一直思念段正淳，在苏州家园中种满了茶花，并把自己所居的山庄命名为“曼陀山庄”。这虽属于小说虚构，但现实中也有其影子。苏州的拙政园内有一座“十八曼陀罗花馆”，相传明末清初之际，古园中最负盛名的就是那几株宝珠山茶。

曾为美人陈圆圆写过长诗的吴梅村，也为山茶写过一首长诗。他赞叹拙政园中的山茶“巨丽鲜妍，纷披照瞩”，并有《咏拙政园山茶》一诗：

拙政园内山茶花，一株两株枝交加。艳如天孙织云锦，赪如姹女烧丹砂。

吐如珊瑚缀火齐，映如螮蝀凌朝霞。百年前是空王宅，宝珠色相生光华。

歌台舞榭从何起，当日豪家擅闾里。苦夺精蓝为玩花，旋抛先业随流水。

儿郎纵博赌名园，一掷输人等糠秕。后人修筑改池台，石梁路转苍苔履。

曲槛奇花拂画楼，楼上朱颜娇莫比。斗尽风流富管弦，更谁瞥眼闲桃李。
齐女门边战鼓声，入门便作将军垒。荆棘从填马矢高，斧斤勿剪莺簧喜。
近年此地归相公，相公劳苦承明官。真宰阳和暗回斡，长安日日披熏风。
花留金谷迟难落，花到朱门分外红。一去沈辽归未得，百花深锁月明中。
看园剩有灌花老，为道此花吴地少。宋代经今六百年，虬干成围更成抱。
嘉宾开宴醉春风，火齐堆光上穹昊。于今忽作无主花，满地飘残竟谁扫。
闻语还思出塞人，玉门关外无芳草。梦魂遥想故园花，未见名花颜色好。
对花不语泪沾衣，惆怅花间燕子飞。折取一枝还供佛，征人消息几时归？

此长诗虽不如《圆圆曲》更知名，但也写出了红尘沧桑、流年暗换的感慨。这里通过山茶花写出了拙政园的历史：拙政园为明御史王献臣退官后所建，因其子好赌，竟于一夜间将此园输给徐氏，这就是诗中所说的“儿郎纵博赌名园，一掷输人等糠秕”。徐氏后来也逐渐败落，拙政园也屡屡易手。而到了明亡后不久，园子被没入清廷官府，先后为驻防将军府、兵备道行馆，即诗中“齐女门边战鼓声，入门便作将军垒”所说的意思。此诗还可以看出吴梅村的拳拳爱国之心，像“于今忽作无主花，满地飘残竟谁扫”即是思念前明之意。我觉得这首长歌和《圆圆曲》，一咏名花，一咏美人，堪称双璧。

袁中郎的《瓶史》曾赞山茶道：“山茶鲜妍，石氏之翾风，羊家之静婉也。黄白山茶韵胜其姿，郭冠军之春风也。”

可惜啊，我家地处北方，无缘植一株山茶于庭前，只好先在诗句中品赏其风姿了。

十二月花令

SHI ER YUE HUA LING

水仙负冰

梅花绽

二十三

夜凉弹醒水仙花

写此文时，已是腊月十四。清嘉庆时进士李仙福有诗曰：“凌波仙子态娟娟，瓷斗亲携相对看。偶向花前弄花影，满窗风雪不知寒。”

在黄土漫漫、冰封大地的北方，群芳百卉之中，春节时能给人带来喜气和香气的也只有水仙花了。踏雪寻梅？可知梅花不是何地都有，雪也不是何时都有的，“琉璃世界白雪红梅”大多数时候只能存在于诗中画里，好多人是无缘亲见的。而水仙却不同，只要一盂清水，她便能留在你的几案上，以她淡雅的香气伴着你走过这花事最寂寞的时候。曹雪芹的祖父曹寅曾有诗道：“夕窗明莹不容尘，白石寒泉供此身。一派青阳消未得，夜香深护读书人。”

得水能仙天与奇

前面说过，宋人曾以杜诗中无咏海棠之作而遗憾，那说到水仙，更是委屈了，翻遍《全唐诗》，竟无一首咏水仙花。有人说：不对，李商隐不是有“水仙欲上鲤鱼去，一夜芙蓉红泪多”之句吗？殊不知，这里的“水仙”不是指水仙花，而是暗用《列仙传》中琴高的典故。相传琴高是战国时赵人，会道术，曾“乘赤鲤来”“留一月余，复入水去”。所以，唐诗中是没有真正出现过水仙花的

元　王渊
水仙

画法有宋代院派遗风，工细精致，色彩饱满，造型写实，堪为佳作。现藏台北故宫博物院。

形象的。原因是唐代时人们还没有广泛种植、欣赏水仙这种花，既然见都没见过，何来题咏？直到五代时的陈抟，才写下第一首咏水仙花的诗。

虽然明代文震亨曾在《长物志》中说：“水仙，六朝人呼为雅蒜。”但明代的好多书中所载往往是道听途说，不能当作考据的依据。水仙走入古典诗词还是宋代的事儿。

宋代的著名诗人中，最早酷爱水仙的是黄庭坚。杨万里后来戏称黄庭坚为水仙“本家”，正是因为黄庭坚首先写了不少咏水仙的好诗，《刘邦直送早梅水仙花四首》中的这一首尤为出色：

得水能仙天与奇，寒香寂寞动冰肌。仙风道骨今谁有，淡扫蛾眉簪一枝。

黄庭坚看来是一生痴爱水仙，他还有一首著名的水仙诗：

凌波仙子生尘袜，水上轻盈步微月。是谁招此断肠魂？种作寒花寄愁绝。
含香体素欲倾城，山矾是弟梅是兄。坐对真成被花恼，出门一笑大江横。

《王充道送水仙花五十枝，欣然会心，为之作咏》

从此，水仙又多了一个雅号——“凌波仙子”。诗中所谓“山矾是弟梅是兄”，是说冬日能开花的也就是山矾（生长于浙江和江西的一种植物）和梅花了。而且，水仙和其他冬日中的花不同，开头就说过，她可以直接来到我们的窗前几上。对此，清康熙皇帝有诗道：“群花只在轩窗外，那得移来几案间。”（《见案头水仙花偶作》）

天仙不行地，且借水为名

刘克庄有诗：“不许淤泥侵皓素，全凭风露发幽妍。”不用泥土，只要清水供养就能开花，这是水仙花最突出的特色。因此，水仙花在群芳百卉之中显得格外清高孤洁。杨万里有两首《水仙花》诗：

其一曰：

韵绝香仍绝，花清月未清。

天仙不行地，且借水为名。

其二曰：

开处谁为伴？萧然不可亲。

雪宫孤弄影，水殿四无人。

第一首将水仙花真正擢升到了“仙卉”的地位，水仙这样高雅的仙子，是不会沾上尘世的泥沼的，所以她即便落到凡间，也只借清水为驻足之地。第二首写水仙清绝之态：她开于

明　薛素素

梅花水仙图

薛素素（约 1570—1630 前后），字素卿，又字润卿，号雪素，小字润娘。明代歌妓、女画家，有“十能才女”之称。

此画绘于万历元年癸酉（1573 年）春日。画上用水墨画有一怪石，后面有梅树水仙。上题：“斜月亭亭两素娥，丰神剪水态凌波。即论贵主朝开阖，何似仙人晓渡河。薛氏素君。”现藏上海博物馆。

冬日，长于水中，这“雪宫”“水殿”里的风采，着实令人倾慕。元代杨载有诗：“花似金杯荐玉盘，炯然光照一庭寒。世间复有云梯子，献与嫦娥月里看。”的确，水仙的高洁似配以天宫仙境才得称意。

咏水仙的诗虽不少，但几乎都脱不开“水”和“仙”二字。读水仙诗，我们先看这样几个典故：

一、洛浦凌波女（洛神）

《淮南子》记载，洛神是伏羲氏之女，嫁与河伯为妻，但河伯搞婚外情，与水族女神私通。洛神“你做初一，我做十五”，找了老婆（嫦娥）跑了的后羿当情人。于是河伯与后羿打起架来，一直搞到天庭。天帝震怒，将洛神贬落凡间。

相传后来洛神化身甄宓，还是老脾气，又和曹丕、曹植演出一场哀婉的爱情故事。曹植写过一篇名垂文学史的《洛神赋》，这篇赋在文坛的影响实在太大，像“翩若惊鸿，婉若游龙。荣曜秋菊，华茂春松。仿佛兮若轻云之蔽月，飘飖兮若流风之回雪”之类的句子，是旧时读书人再熟悉不过的了。

清　邹一桂
水仙

画上题字直接将水仙花称为“洛浦仙”，并有一诗曰：“寿域宏开日，仙从远浦来。凌波神宕漾，漱石意徘徊。炼就丹砂粒，宜藏白雪隈。凭轩看墨妙，水陆信多才。”

清　居廉
水仙山石图页

画上题一诗："含笑怜倒影，香气为谁发。自从建安来，系着鸦头袜。"用的是洛神的典故，将水仙比喻成甄后。

因为洛神是著名的水中仙子，所以咏水仙时，经常以洛神为喻。南宋楼钥咏水仙诗道：

品格雅称仙子态，精神疑着道家黄。宓妃漫诧凌波步，汉殿徒翻半额妆。

这里的宓妃，就是指化身甄宓的洛神；而凌波步，是引于《洛神赋》中的"凌波微步，罗袜生尘"；所谓"道家黄"，是指水仙花蕊为黄色，像是女道士打扮（下首诗中的"瑶坛夜静黄冠湿"，意同）。

明代的诗人、剧作家梁辰鱼有一首《咏水仙花》：

幽花开处月微茫，秋水凝神暗淡妆。绕砌露浓空见影，隔帘风细但闻香。
瑶坛夜静黄冠湿，小洞秋深玉佩凉。一段凌波堪画处，至今词赋忆陈王。

诗中也是引用了"陈王"（曹植）爱慕宓妃的典故，看来把水仙比作化身洛神的甄宓是诗家常用手法。"扬州八怪"之一的李鱓在《冷艳幽香图》上题诗道："金相玉琢独迎春，千古题诗比丽人。说到空钩白描处，乃真湘浦洛川神"。清末才女秋瑾也这样写：

洛浦凌波女，临风倦眼开。瓣疑呈玉盏，根是谪瑶台。

嫩白应欺雪，清香不让梅。余生有花癖，对此日徘徊。

所以，这洛河上的女神正是水仙花的化身之一。

二、江妃楚楚大江湄（江妃）

江妃的故事是一个很古老的传说。刘向《列仙传》中曾载有“江妃二女”的故事，说是春秋时郑国有个人叫郑交甫，在汉水之畔遇到两个女子，她们就是名为“江妃”的神女。仙女们给了郑交甫一只玉佩，但郑交甫揣在怀里，刚走开几十步，玉佩就不见了，两个仙女也杳无踪影。有短诗曰：

灵妃艳逸，时见江湄。丽服微步，流盼生姿。

交甫遇之，凭情言私。鸣佩虚掷，绝影焉追？

有的人可能觉得上面的故事有点没头没脑的，其实这一类故事的背景就是古时青年男女到河边沐浴嬉戏，看到中意的人就欢好的风俗。写芍药的那篇所引《诗经》中的“溱与洧，方涣涣兮。士与女，方秉蕳兮”，也是这样的意思。像“汉皋遗佩”“江妃楚楚大江湄”之类的典故，都是说这档子事。这种风俗在某些少数民族中保存了相当长的时间。如《三国演义》中就说孟获所居的南蛮部落中，“有女长成，却于溪中沐浴，男女自相混淆，任其自配，父母不禁，名为‘学艺’”。

后世读孔孟之书、达周公之礼的人看了，大概觉得匪夷所思。要按朱熹等人的读诗方法，更不会这样解释。但就像我们不必揪住李白《清平调》中的“可怜飞燕倚新妆”添油加醋（相传高力士向杨贵妃进谗言，说李白以作风不正经的赵飞燕喻她，是有意诋毁）一般，应知诗人用这些典故时本意是“纯洁”的，水仙花也不必着恼。

杨万里的《水仙花》一诗这样写：

生来体弱不禁风，匹似萍花较小丰。脑子醲薰众香国，江妃寒损水晶宫。

银台金盏谈何俗，矾弟梅兄品未公。寄语金华老仙伯，凌波仙子更凌空。

其中的“江妃寒损水晶宫”之句，就是引以上典故。南宋词人赵以夫的《金盏子·水仙》的上阕，也是以“汉皋遗佩”的典故来形容水仙：

得水能仙，似汉皋遗佩，碧波涵月。蓝玉暖生烟，称缟袂黄冠，素姿芳洁。亭亭独立风前，照冰壶澄彻。当时事，琴心妙处谁传，顿成愁绝。

明代文徵明则同时用了洛神和江妃这两个典故，其《水仙》诗如下：

翠衿缟袂玉娉婷，一笑相看老眼明。香泻金杯朝露重，尘生罗袜晚波轻。

汉皋初解盈盈佩，洛浦微通脉脉情。则恨陈思才力尽，临风欲赋不能成。

看，又把汉皋解佩、洛浦传情的故事讲了一通，“陈思”也是指曹植。所以嘛，古代人作诗，就是要在肚子里存一些现成的典故，这些典故就像标准化的零件一样，用时立刻就能拼凑为成品。当然，这样的“生产”方法，是“工业品”，而非艺术品，不是一流的好诗。

三、怜取湘江一片愁（湘妃）

湘妃其实也有两位，相传她们是尧帝的两个女儿，又都嫁给了舜帝当妃子。后来舜死后，她们悲恸万分，泪珠洒上竹子，成为“斑竹”。最后她们投入湘江而死，魂魄化为“湘夫人”，也是水上的女神。

既然是水上的神仙，文人当然也要拿来形容水仙花。元代妙声和尚题《墨竹水仙图》，此图既有“竹”，又有“水仙”，正好印应了湘妃泪竹这个典故，于是他作诗云：

美人独立潇湘浦，袅袅秋风生北渚。手把琅玕江水深，香璚泣露愁痕古。

我有所思在空谷，翠袖娟娟倚寒绿。云断苍梧殊未来，月明长照鱼鳞屋。

其他如宋代钱选的“帝子不沉湘，亭亭绝世妆”、明代屠隆的“娟娟湘洛净如罗，幻出芳魂俨素娥”、文徵明的“九嶷不见苍梧远，怜取湘江一片愁”等，都是借用此典故。

想瑶台，无语凄凉

古代文人喜欢水仙花者极多，宋人杨仲囦买水仙花数百本，种在古铜洗中，并仿《洛神赋》写有《水仙花赋》。宋人高似孙则写有《水仙花前赋》《水仙花后赋》。《后赋》这样写道：

睹一美人，于水之侧……其状也，皓如鸥轻，朗如鹄停；莹浸玉洁，秀含兰馨。清明兮如阆风之翦雪，皎净兮如瑶池之宿月。其始来也，炯然层冰出皎壑；其徐进也，粲然清霜宿琼枝。沉详弗矜，燕婉中度，不秾不纤，非怨非诉；美色含光，轻姿约素；瑰容雅态，芳泽不污；素质窈袅，流晖婳娟；抱德贞亮，吐心芳蠲；姽婳幽静，志泰神闲……

虽然完全是模仿《洛神赋》，但也表达了对水仙花的痴爱。看，作者恨不得一下子把世间的好词全都用上才好。

清代李渔也非常喜欢水仙花，称水仙花是他的“命”。有一年，李渔实在经济窘迫——“索一钱不得矣”，但还是要坚持购水仙过年。家人说，一年不看此花，又有什么呢。李渔大怒道：“你想要我的命吗？我宁可折一年的寿，也不能少看一年的水仙花！”家人只好变卖首饰给他换了水仙花来。

南宋词人张炎很为水仙抱不平，有词说：“缥缈波明洛浦，依稀玉立湘皋。独将兰蕙入《离骚》，不识山中瑶草。”这未免太苛求屈原了，那时候屈原还从没见过水仙呢。后来在《花史》一书中，有人觉得水仙花和兰花的形状有些相近，似有“夫妻相”，于是撮合它们当伴侣。这也有点意思。

水仙虽然有高洁之称，但也掩不住背后的幽怨落寞。元末丁鹤年的这两首水仙诗写得相当好：

湘云冉冉月依依，翠袖霓裳作队归。怪底香风吹不断，水晶宫里宴江妃。

影娥池上晚凉多，罗袜生尘水不波。一夜碧云凝作梦，醒来无奈月明何。

想来水仙也是有些可怜的，被植入一小小水盆之中，无草木虫鸟相伴，非常孤单落寞。所以，同样寂寞的闺中女儿家对水仙也是很有感情的，正所谓“白玉断笄金晕顶，幻成痴绝女儿花”。

被袁枚称为“闺中三大知己”之一的清代才女金纤纤，于二十五岁就早早逝去。她有一首写水仙花的诗不可不读：

枯杨池馆响栖鸦，招得姮娥做一家。绿绮携来横膝上，夜凉弹醒水仙花。

在西方，水仙花有“恋影花”之称，水仙正像一个寂寞清高的美人，“瘦影自临清水照，卿须怜我我怜卿”。在冬季清寒寥落的时候，她陪在我们的案头，开放出清香，而当春光明媚、百花争艳时，她却早已为我们丢弃……

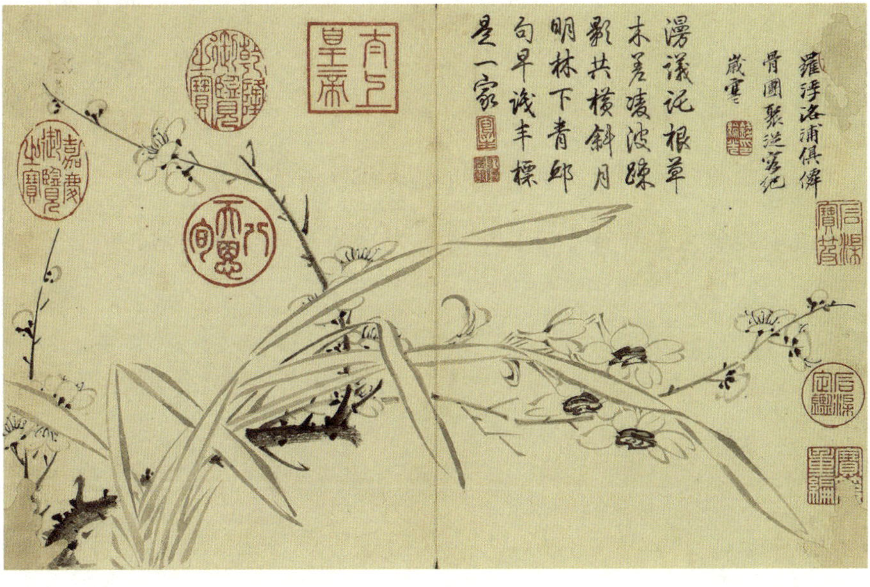

清　陈书
梅花水仙

陈书（1660—1736），字南楼，号上元弟子，晚号南楼老人，秀水（今浙江嘉兴）人。

上题：“罗浮洛浦俱仙骨，团聚从容纪岁寒。”后面盖有钱纶光（陈书丈夫）的印，也就是说这两句诗是钱纶光所题。而后面的一首诗则是出于乾隆之手：“谩议托根草木差，凌波疏影共横斜。月明林下青邱句，早识丰标是一家。”现藏台北故宫博物院。

二十四

一生知己是梅花

梅花在众多花卉中，可谓别具神韵、清逸幽雅。她傲霜斗雪，孤标傲世，不似桃李杏那样以媚态迎人，故“梅、兰、竹、菊”为四君子，“松、竹、梅”为岁寒三友。自古至今，人们无不盛赞梅花，所谓“梅具四德”：初生为元，是开始之本；开花为亨，意味着通达顺利；结子为利，象征祥和有益；成熟为贞，代表坚定贞洁。

来日绮窗前，寒梅着花未
——唐人笔下的梅花

牡丹在大唐时风光一时无两，而梅花却并不引时人注目，所以说“梅妃”这样的人物纯粹是后世人杜撰出来的，如果唐代真有“梅妃”这样的人儿，以盛唐人的审美态度，她恐怕也不会太得宠。

唐代诗人中当然也有咏梅花的，但正如宋人咏牡丹未见出色一样，唐人咏梅，如隔靴搔痒一般，道不出梅花的真正风神。

李白笔下的“江城五月落梅花”“笛奏梅花曲，刀开明月环”之类，都不是实写梅花。这里的“梅花”其实指的是《梅花落》这首笛子曲。虽然也算是引入了梅花的意象，但毕竟不是专为梅花而写。

而在王维的“来日绮窗前，寒梅着花未”、柳宗元的“早梅发高树，迥映

南宋　马麟
雪梅图

画上绘梅花主干一枝，枝上梅花朵朵，凌寒绽放，带来寒冬雪后的生机。现藏美国纽约大都会艺术博物馆。

楚天碧”、杜甫的“梅蕊腊前破，梅花年后多”、李商隐的“寒梅最堪恨，常作去年花”等诗句中，梅花扮演的多是点缀情景、烘托气氛的角色，并非主角。

在盛唐人的笔下，不大刻意强调梅花凌寒傲雪的“高贵”品格，也不像宋明清人那样推崇老梅、瘦梅，杜甫甚至写出“绿垂风折笋，红绽雨肥梅”这样的句子（此处的“梅”指的是梅子），而在后世人的词句中，再也少见“肥梅”之说，“骑驴过小桥，独叹梅花瘦”之类的句子却屡见不鲜。

当然，《全唐诗》包罗万象，找出一些写梅花比较好的诗句，并不为难，尤其是晚唐的一些诗人，诗的味道就很接近宋了：

数萼初含雪，孤标画本难。香中别有韵，清极不知寒。

横笛和愁听，斜枝倚病看。朔风如解意，容易莫摧残。

（崔道融《梅花》）

崔道融的这首诗中，就有了“孤”“寒”“愁”“病”的意境，梅花独有的神态开始出现了。对比盛唐诗人张谓的《早梅》：“一树寒梅白玉条，迥临

南宋　佚名
梅雀图

画上绘山喜鹊一双，立于梅梢之上相倚相偎，梅花的花枝交错有致，花萼醒目动人，清雅之气溢于纸外。现藏台北故宫博物院。

村路傍溪桥。不知近水花先发，疑是经冬雪未消。”可以分辨出，张谓的诗中更多地洋溢着观赏早梅的欣喜，而崔道融的梅花诗却是一副与寒梅同病相怜的凄楚情怀。再看一首陆希声的《阳羡杂咏十九首 · 梅花坞》：

冻蕊凝香色艳新，小山深坞伴幽人。知君有意凌寒色，羞共千花一样春。

这首诗开始强调梅花凌寒傲霜的姿态。同为晚唐诗人的李群玉有诗《山驿梅花》:“生在幽崖独无主，溪萝涧鸟为俦侣。行人陌上不留情，愁香空谢深山雨。”二诗主旨相近，但是李群玉的诗虽有孤芳自赏之感，却没有写出梅花的独特之处，如果标题上没有梅花字样，他咏的是梅花还是兰花或者其他什么花，都难说。所以我觉得李群玉虽然名声相对大一些，但就诗论诗，这一首还不如陆希声写得好。

晚唐写得好的梅花诗还有韩偓的：

梅花不肯傍春光，自向深冬着艳阳。龙笛远吹胡地月，燕钗初试汉宫妆。
风虽强暴翻添思，雪欲侵凌更助香。应笑暂时桃李树，盗天和气作年芳。

齐己和尚写的《早梅》一诗也不错：

万木冻欲折，孤根暖独回。前村深雪里，昨夜一枝开。
风递幽香出，禽窥素艳来。明年如应律，先发望春台。

据《唐才子传》记载，齐己曾以这首诗求教于郑谷。诗的第二联原为“前村深雪里，昨夜数枝开”，郑谷读后说：“‘数枝’非‘早’也，未若‘一枝’佳。”齐己深为佩服，便将“数枝”改为“一枝”，并称郑谷为“一字师”。

雪掩孤村，苔枝缀玉，一剪寒梅，傲立雪中，梅花的冰雪之姿已经活灵活现了，梅花的形象从此定格，一直影响到后世。但真正由单纯地赞其色香仪态而进一步深入到傲雪独放的精神，还要等到宋代。

才有梅花便不同
——为梅痴狂的宋代

宋代，是一个对梅花喜爱得近乎痴狂的时代。“梅妻鹤子”的林和靖、恨不得“一树梅花一放翁”的陆游，都是宋代爱梅的代表人物。这些大家早已熟知，这里再简单地说几个和梅花结下不解之缘的宋代人物。

先说刘克庄，他曾有诗道：“却被梅花误十年。”又在《贺新郎》一词中说：“老子平生无他过，为梅花受取风流罪。”这是怎么回事？原来，刘克庄曾写过《落梅》一诗：

一片能教一断肠，可堪平砌更堆墙。飘如迁客来过岭，坠似骚人去赴湘。

乱点莓苔多莫数，偶粘衣袖久犹香。东风谬掌花权柄，却忌孤高不主张。

刘克庄正是因此诗而得祸（谁说宋代没有文字狱？），主要是最后一句“东风谬掌花权柄，却忌孤高不主张”被言事官李知孝等人诬为“讪谤当国”。由此看来，闺中才女写些“妒花风雨便相催”“世事薄，东风恶”之类的词儿是无妨的，政坛人物下笔时却要掂量掂量。

就因为这首梅花诗，刘克庄建阳令的乌纱帽应声落地（宋代到底是仁慈一点，只是乌纱落地，并非人头落地），并“坐废乡野”长达十年之久，这就是有名的“落梅诗案”。

然而，刘克庄和因咏“玄都观桃花”被贬的刘禹锡一样，都是越挫越勇。刘克庄不但没有就此疏远梅花，反而更加“爱我所爱，无怨无悔”，他爱梅如痴，先后写了一百三十余首咏梅诗词。

还有一个叫宋伯仁的人，更是爱梅成痴，他经年累月对着梅花画画，共得两百多幅，最后选定一百幅最得意的，每幅都题上诗，称为《梅花喜神谱》。谱中，他将梅花比作“孤竹二子、商山四皓、竹溪六逸、饮中八仙、洛阳九老、瀛洲十八学士”等高人逸士。他说画这些梅花图的目的在于“于梅花未花时闲一披阅，则孤山横斜，扬州寂寞可仿佛于胸襟，庶无一日不见梅花，亦终身不忘梅花”。爱梅到这等程度，可谓痴绝矣。

再有一人，就是范成大。南宋的范成大，不但是赏梅、咏梅的诗人，而且身体力行，大力种梅、育梅。他本来在石湖玉雪坡（苏州城西南十八里）已经种了梅花数百本，但还嫌不足，又在南边买了王家旧宅七十多间，悉数拆除后，种上梅花。

绍熙二年（1191 年）冬，作曲家姜夔应邀冒雪来访。范成大请他住下，赏梅论文，逗留一月之久。姜夔自撰新曲，填写了《暗香》《疏影》两首咏梅词。范成大激动之下，将一名叫小红的歌妓赠给了姜夔。穷困潦倒的姜夔乐得冒泡，回去的路上高唱：“自作新词韵最娇，小红低唱我吹箫。”

其实推其缘由，他还是从范成大爱梅上沾的光。如果范成大不是爱梅成痴，又怎么会那么喜欢他那两首咏梅词？不厚道地说，姜夔的那两首咏梅词，我觉得并不怎么好，无非堆砌典故，有点啰里啰嗦。也可能作曲的确出色，但没听过，不好说。

范成大搜集的梅花品种达十二种之多，有“江梅”“早梅”“官城梅”“消梅”“古梅”“重叶梅”“绿萼梅”“杏梅”“鸳鸯梅”等，并写成世界上第一部梅花专著——《梅谱》。《梅谱》是从艺术的角度所写，不是从植物学这种科学的角度来分。其序开门见山地说：“梅，天下尤物，无问智、贤、愚、不肖，莫敢有异议。学圃之士必先种梅，且不厌多。他花有无多少，皆不系轻重。”可见，在范成大为代表的宋人眼里，梅花的地位是超越百花之上的。

为什么由唐入宋，人们就从喜欢牡丹变为喜欢梅花呢？

大概是这样两个原因：第一和国力有关，宋代虽经济繁荣，但在军事上却处处挨打，后来更是偏安一隅，不但没有了欣赏盛艳牡丹的心情，也不可能再观赏到洛阳牡丹的娇姿（那里让金国给占了）。像刘克庄就在一首写牡丹的词里无比伤感地说：“君莫说中州，怕花愁。”而梅花却是在南国普遍生长的花卉，梅花的清寒之姿正契合了当时人的心态。

再一个原因是，宋代理学盛行，讲究个人节操，正如宋人王琪所说：“不受尘埃半点侵，竹篱茅舍自甘心。”所以《红楼梦》中，曹雪芹把那柄“画着一枝老梅，写着‘霜晓寒姿’四字”的签儿安排给了守节模范李纨。梅花，确实很像烈女、节妇的代表，而宋人正推崇这个，所以梅花备受称扬。

宋诗宋词中写梅花的，数不胜数。一入北宋，林和靖的这首诗就轰动一时，传诵后世：

众芳摇落独暄妍，占尽风情向小园。疏影横斜水清浅，暗香浮动月黄昏。

霜禽欲下先偷眼，粉蝶如知合断魂。幸有微吟可相狎，不须檀板共金樽。

“疏影横斜”“暗香浮动”后来成为梅花的专用词，姜夔用来赚得美女归的两个词牌《疏影》《暗香》就由此而来。这首梅花诗，堪称经典，评说者甚众，这里我就不啰唆了。

南宋 马麟
暗香疏影图

画中白梅花萼染石绿、胭脂，应该是画的《梅谱》中的“绿萼梅”：“吴下又有一种，萼亦微绿，四边犹浅绛，亦自难得。”水面映出梅枝，明显是描绘“疏影横斜水清浅，暗香浮动月黄昏”这一传世名句的意境。现藏台北故宫博物院。

梅雪争春未肯降——梅和雪的话题

上述林逋的诗虽然也是咏梅的代表作，但诗中却没有出现雪的形象。明月下赏梅，朦胧中增添不少诗意，而如果有梅有月，却少了点残雪，也未免遗憾。宋人张镃曾在《梅品》一书中，列举了二十六种与梅花相宜的幽境雅物：

淡云、晓日、薄寒、细雨、轻烟、佳月、夕阳、微雪、晚霞、珍禽、孤鹤、清溪、小桥、竹边、松下、明窗、疏篱、苍崖、绿苔、铜瓶、纸帐、林间吹笛、膝上横琴、石枰下棋、扫雪烹茶、美人淡妆簪戴。

其实，细细看来，这些“幽境雅物”有些是“万金油”型的，兼容度极高，不但适宜梅花，换成其他花也没有什么不可。但我觉得，“雪”和“梅”却是相偎相伴，彼此谁也缺不了谁的。

宋代张孝祥有一首《卜算子》，说得端的好：

雪月最相宜，梅雪都清绝。去岁江南见雪时，月底梅花发。　今岁早梅开，依旧年时月。冷艳孤光照眼明，只欠些儿雪。

有梅无雪，毕竟不完美。

对于“梅”和“雪”，诗人们大致持这三种态度：

一、雪虐风饕愈凛然——风雪欺梅

先来看一个小故事：宋朝洪迈（《容斋随笔》作者）在会稽当太守时，有一位教坊中的乐妓叫洪惠英，于佐酒侍宴之间，对洪迈说：“惠英有述怀小曲，想借此机会，献给太守大人。”洪迈当即应允。她于是唱了曲《减字木兰花》：

梅花似雪，刚被雪来相挫折。雪里梅花，无限精神总属他。　梅花无语，只有东君来作主。传语东君，且与梅花作主人。

洪惠英唱罢，说道：“梅者惠英自喻，非敢妄比名花，只是以此借意而已。雪者指无赖恶少。”洪迈于是问起洪惠英的身世，得知她屡遭无赖恶少骚扰，

才用这首词来求助，词中把“东君”（掌管百花的神）比作太守洪迈，把风雪比作那些无赖。洪迈是饱读诗书的文人，看到洪惠英这样的才女，哪有不帮忙的道理。有了太守撑腰，后来就再也无人敢上门骚扰她了。

与此类似的还有宋代另一个才女吴淑姬，她聪明貌美，却出于贫家，被豪门子弟强占，后来又被诬与人私通，官府将她治罪，关入大牢。她写了一首《长相思》呈给当时任太守的王十朋。王十朋惊叹她的才气，为她申冤开释。这首词是这样写的：

烟霏霏，雨霏霏，雪向梅花枝上堆，春从何处回？　醉眼开，睡眼开，疏影横斜安在哉？从教塞管催！

这里吴淑姬也是以梅自喻，将恶人比喻成雪——“雪向梅花枝上堆，春从何处回？”

看来，在相当多的时候，风雪就是恶势力的代表，“风刀霜剑严相逼”，梅花承受着最严酷的侵凌。宋代洪皓有词说：“去年湖上雪欺梅。”何梦桂也说：“长苦冰霜压尽，更说甚风标清窈，些子好，孤香冷艳，谁知道。”南宋陆游的很多诗，也都是这种意境。除了我们熟知的“零落成泥碾作尘，只有香如故”，他更有一首《落梅》诗里这样写：

雪虐风饕愈凛然，花中气节最高坚。过时自合飘零去，耻向东君更可怜。

在洪惠英的那首诗中，还口口声声要求“东君”来为她做主，而陆游诗中却是傲气凛然，铁骨铮铮——“耻向东君更可怜”，死就死，落就落，不向任

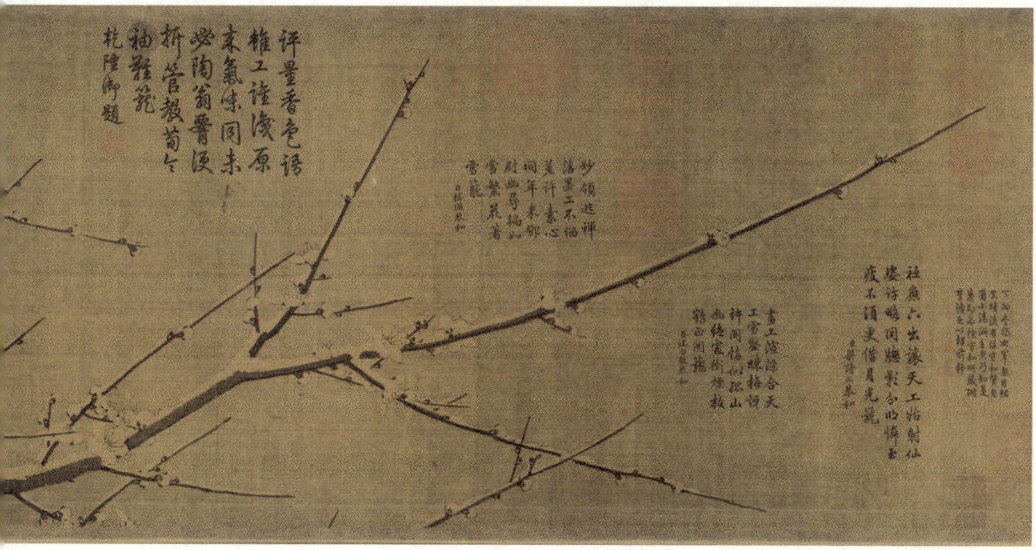

南宋　徐禹功
雪中梅竹图

徐禹功（1141—？），自号辛酉人，江西人。工画梅竹，以清高自励。

画上斗雪梅枝横空而出，衬以两三竿老竹，意境超凡脱俗，有野逸自在之气，极为符合梅花的气质。乾隆在上面题诗："评量香色语虽工，谁识原来气味同。未必陶翁腰便折，管叫荀令袖难笼。"乾隆题诗，往往堆砌词藻，生搬硬套，陶翁指陶渊明，但陶渊明一贯是菊花的代言人，和梅花的相关度不大，引来何用？就算硬解释成陶渊明喜欢菊花，未必对梅花倾心（折腰），那与诗旨有什么帮助呢？这就是乾隆写诗的俗滥之处。但乾隆带头题诗，手下的臣子们也纷纷效尤，董邦达等一众诗才有限的家伙也在这张千古名画上题了不少歪诗，破坏了这幅画的意境。现藏辽宁省博物馆。

何人屈服，将梅花犹如烈女、志士般的精神写得十分入骨，"铁干寒梅"的形象令人不免油然起敬。陆游笔下此类的梅花诗还有不少，像"凌厉冰霜节愈坚，人间乃有此臞仙""精神最遇雪月见，气力苦战冰霜开"等都是如此。

二、冰姿不怕雪霜侵——梅花斗雪

风雪虽寒，但梅花还是顽强地开放了。在一些比较乐观的诗人眼中，梅花是胜利者。上官婉儿有诗："斗雪梅先吐，惊风柳未舒。"中唐朱庆余的《早梅》说："天然根性异，万物尽难陪。自古承春早，严冬斗雪开。"宋代毛滂也有诗："辨桃认杏何人拙，压雪欺霜正自妍。"都是这种态度。

流传到后世，持此观点的人似乎越来越多。《红楼梦》借邢岫烟之口说：

"桃未芳菲杏未红，冲寒先已笑东风。"俞樾的夫人写道："耐得人间雪与霜，百花头上尔先香。"秋瑾更写道："冰姿不怕雪霜侵，羞傍琼楼傍古岑。"都表达了"红岩上红梅开，千里冰霜脚下踩"的气势。

"与天奋斗，其乐无穷；与地奋斗，其乐无穷；与人奋斗，其乐无穷"的毛主席，当然认为梅花斗雪充满积极乐观的精神。在毛主席的诗词中，不但"已是悬崖百丈冰，犹有花枝俏"，而且"梅花欢喜漫天雪"，梅花是一副主动迎战的态度。

三、与梅并作十分春——梅雪相宜

宋代的卢梅坡有两首比较有名的诗：

其一曰：

有梅无雪不精神，有雪无诗俗了人。日暮诗成天又雪，与梅并作十分春。

其二曰：

梅雪争春未肯降，骚人阁笔费平章。梅须逊雪三分白，雪却输梅一段香。

卢梅坡的这两首诗，虽然词句浅易，有打油诗之嫌，却说得极为透彻。"有梅无雪不精神"，确实，如果没有白雪的衬托，梅花又如何能显得出孤标傲世、矫矫不群的神采呢？

欧阳修的《蝶恋花》说："腊雪初销梅蕊绽，梅雪相和，喜鹊穿花转。"一派祥和喜乐之气。当然，这里写的是冬过春来之际，腊雪初消。还有很多诗人将洁白的雪和馨香的梅相提并论，认为只有雪中之梅才能显出其高洁不群。如宋代无名氏的《减字木兰花》中赞道："雪中风韵，皓质冰姿真莹静。"有一些诗人甚至认为，梅之所以可爱，是借了雪的神韵。

辛弃疾夸梅："更无花态度，全有雪精神。"元代吕诚化用辛词之意说："半点不烦春刻画，一分犹仗雪精神。"画梅大家王冕也道："冰雪林中着此身，不同桃李混芳尘。"明代高启的诗句"雪满山中高士卧，月明林下美人来"，也是用冰雪衬托梅花之高洁，写出梅雪相宜的情调。

我自己是赞同梅雪相宜的，我觉得，说起"梅"和"雪"，也像《红楼梦》中贾母说的，可谓"不是冤家不聚头"，"梅"和"雪"正如一对夫妻，虽然有时"打打闹闹"的，但谁离开了谁，都不好。

玉人浴出新妆洗
——才女咏梅诗

花与美人，向来不可分。盛唐之时，喜欢成熟丰韵、热情张扬的美人，所以牡丹得宠；而宋代以后，人们却推崇冷傲、超逸的霜雪美人，即便是青楼楚馆中的欢场女子，也是“激情四射”者反而不如“琵琶遮面”的更吸引人。

明代张岱曾写过当时的名妓王月生“寒淡如孤梅冷月，含冰傲霜”，众人百般逗她笑，也难得见她动容。她不喜与俗人交谈，有时对面而坐，视如无人。有一贵公子包了她，“同寝食者半月，不得其一言”。一天她“口嗫嚅动”，众人惊喜，“哄然以为祥瑞”，赶快跑去告诉公子说：“月生开言矣！”然而，公子跑到王月生的跟前，王月生脸一红，又不说话了。公子急得搔头作揖，求之再三，她才从口中如蚊嗡般说出二字：“家去。”

风尘女子尚且如此，更不用说大家闺秀了。“寒淡如孤梅冷月”，是旧时女子们最有吸引力的气度。

把梅花比作美人甚至仙女的诗词也比比皆是，如“冰雪肌肤潇洒态，须知，姑射仙人正似伊”(宋代无名氏《南乡子》)，“风韵情知似玉人”（宋代张元幹《豆叶黄》），“清标自是蓬莱客，冰玉精神”（宋代姚述尧《丑奴儿》），“烟姿玉骨尘埃处，看自有神仙格”(宋代赵长卿《水龙吟》)，以及“青帝宫中第一妃”“空谷佳人洛浦仙”“素娥窃药不奔月，化作江梅寄幽绝”（皆为陆游诗）……

写梅花的诗实在太多，难以一一列举。别的诗不提也罢，才女们的咏梅诗却不可不提。唐代三大才女（李冶、薛涛、鱼玄机）都没有写过咏梅的好诗，看来梅在唐代不怎么被器重，而自宋以来，才女们没咏过梅的反而少见。李清照和朱淑真这两大才女的词不可不读。先看李清照的《渔家傲》：

雪里已知春信至，寒梅点缀琼枝腻。香脸半开娇旖旎，当庭际，玉人浴出新妆洗。　造化可能偏有意，故教明月玲珑地。共赏金樽沉绿蚁，莫辞醉，

元代　佚名
梅花仕女图

画上的梅树下，一位美人正揽铜镜自照。值得注意的是，美人的双眉之间有一朵梅花状的饰物，应是取自寿阳公主的“梅花妆”。现藏台北故宫博物院。

此花不与群花比。

李清照写过不少有关梅的词，我觉得这一首最好（这里所说的“最好”，是纯从写梅的角度来看，有些词虽好，但梅在词中并非主角，只是烘托）。这首词相传是她和赵明诚闲居青州时所作，那正是她一生中最愉快的时光，所以这首词的风味也是轻快明亮。

才女朱淑真写梅的词，我推荐给大家这首《柳梢青》：

玉骨冰肌，为谁偏好，特地相宜。一段风流，广平休赋，和靖无诗。　倚窗睡起春迟，困无力、菱花笑窥。嚼蕊吹香，眉心点处，鬓畔簪时。

两位大才女的词中，写的都是白梅。唐代一度推崇红牡丹，冷落白牡丹，而梅花刚好相反，人们曾一度推崇白梅，冷落红梅。

明　仇英
寻梅图

梅树下，两位仕女于庭院中寻香觅句。现藏大英博物馆。

白梅懒赋赋红梅
——后来居上的红梅

王安石的"墙角数枝梅，凌寒独自开。遥知不是雪，为有暗香来"写的是白梅，李之仪的"为爱梅花如粉面"写的是白梅，郑域的"道是花来春未，道是雪来香异"写的也是白梅，而吴潜竟在《疏影》中这样对红梅百般嘲笑："何事胭脂点染，认桃与辨杏，枝叶青绿。莫是冰姿，改换红妆，要近金门朱屋？"苏轼在这首诗里虽然为红梅辩解了几分，但也是羞答答的：

怕愁贪睡独开迟，自恐冰容不入时。故作小红桃杏色，尚余孤瘦雪霜姿。寒心未肯随春态，酒晕无端上玉肌。诗老不知梅格在，更看绿叶与青枝。

这首诗中说，红梅是在现实的压力下不得不圆滑一点、随众一点，所以勉强"喝了点酒"，也和"桃杏"们作一般的红色，这只是适世生存的一种外相罢了，骨子里的性格是不会变的，"孤瘦雪霜姿"才是其本性。

直白一点，苏东坡想说的是：我们虽然有时也不得不说一些"违心的话"，做一些"违心的事"，但心中还是有原则的，善良正直的品格还是具备的。

苏轼笔下的梅，还是白梅居多，像"洗尽铅华见雪肌，要将真色斗生枝"之类的句子就是写白梅。另外他有一首非常有名的咏梅词《西江月》，是这样写的：

玉骨那愁瘴雾，冰肌自有仙风。海仙时遣探芳丛，倒挂绿毛幺凤。　素面翻嫌粉涴，洗妆不褪唇红。高情已逐晓云空，不与梨花同梦。

相传此词是为悼其爱姬王朝云所作，"冰肌""素面"之语是用惠州的白梅来比喻在他心中高洁如玉的朝云。

我觉得，当时之所以推崇白梅，不待见红梅，是因强调梅的高洁。白梅犹如白玉，更显得清高不俗，正所谓"雪似梅花，梅花似雪，似和不似都奇绝"（宋代吕本中《踏莎行》），而红梅不免俗艳之嫌。

不过，从视觉效果上来看，还是“琉璃世界白雪红梅”更为好看。到了明清之际，人们就普通喜欢红梅更多一些了，我们看《红楼梦》里，书中就描写：“栊翠庵中有十数枝红梅如胭脂一般，映着雪色，分外显得精神，好不有趣……”大观园的众女儿们一提笔也说“白梅懒赋赋红梅”（李纹诗）。

宋代之后，民族的苦难越来越深重，人们越发喜爱红梅，南宋爱国词人汪莘有词夸红梅：“状貌妇人孺子，性情烈士奇才，自开自落有谁来。”后来又有文天祥于梅岭绝食以求殉国，南宋爱国诗人谢枋得曾写下：“天地寂寥山雨歇，几生修得到梅花？”宋亡后，他流落山野，卜卦、织鞋为生。后来元朝统治者逼他出仕，押他去大都赴任，他绝食五天，终于为国尽节。到了明代，更有史可法之衣冠葬于梅花岭等故事，正是：“数点梅花亡国泪，二分明月故臣心”。

从斗雪傲霜的视角来看，如血染般的红梅花，更能代表中华民族逆境中抗争的不屈精神。正所谓：“碧血自封心更赤，梅花人拜土俱香”。

南宋陈景沂的《全芳备祖》、明王象晋的《群芳谱》、清康熙钦定的《广群芳谱》，均推梅花为群花之首。1987年在上海举办的全国性传统名花的评选中，梅花亦名列榜首，独占鳌头。国人对于梅花的推崇，可见一斑。

宋代诗人王淇曾作诗《梅》：

不受尘埃半点侵，竹篱茅舍自甘心。只因误识林和靖，惹得诗人说到今。

连众多诗人的七嘴八舌，梅花仙子都嫌烦，何必争什么国花呢？就算梅花不当国花，我们又岂能减少一分一毫对她的喜爱和崇敬？

最后再引一首宋代词人晁补之的《盐角儿·亳社观梅》，献给我们的梅花仙子：

开时似雪，谢时似雪，花中奇绝。香非在蕊，香非在萼，骨中香彻。　占溪风，留溪月，堪羞损山桃如血。直饶更、疏疏淡淡，终有一般情别。

后记

红尘辗转，我待花开

宜春苑中春已归，披香楼里作春衣。新年鸟声千种啭，二月杨花满路飞。河阳一县并是花，金谷从来满园树。一丛香草足碍人，数尺游丝即横路。……树下流杯客，沙头渡水人。镂薄窄衫袖，穿珠帖领巾。百丈山头日欲斜，三晡未醉莫还家。池中水影悬胜镜，屋里衣香不如花。

这是一千五百年前庾信笔下的春光。千百年来，不知有多少次春风来去，花开花落，花瓣雨落地无声，化为春泥，难道真是花开花谢总是空？梦里落花知多少？我俯首拾起古人留下的旧纸，依然寻得到那残留着的幽远馨香。

这是来自唐代的花影：映着沉香亭前，一枝红艳醉过李白；万里桥边，冉冉红蕖留过杜甫；崔护惆怅，桃花依旧笑春风；杜牧欣喜，牧童遥指杏花村……

这是来自宋代的花痕：留着晏殊徘徊过的梨花院落、苏轼留恋过的香雾空廊、李易安憔悴时的满地黄花、朱淑真郁闷时的断肠芳草……

岁月如轮，来往何急！多少次风住尘香花已尽，多少次落花风雨更伤春！年年欲惜春，春去不容惜……

诚然，春去春回来，花落花会再开。然而，年年岁岁花相似，岁岁年年人不同。不知不觉间，流年暗换，梦远心惊。

写完本书中的最后一个字，迎来了一场春雪，却依然没有见到早春的花开。然而，经历了寒风冷雪，经历了枯寂阴暗，终会有华枝春满、天晴月圆。

一任往事蹉跎，但愿花再开的那一刻，我不会再错过。

昨日看花花灼灼，今朝看花花欲落。不如尽此花下欢，莫待春风总吹却。

红尘辗转，我待花开，花可待我来？